Martin Bruderer

Siebeneinhalb

Verzählungen

Der Autor:

1966 im Schweizer Seeland geboren und dort aufgewachsen, lebt in einer Bilingue-Gemeinde bei Biel-Bienne am Jura-Südfuss. Matura, später Ausbildung zum eidgenössisch diplomierten Experten im betrieblichen Organisationsmanagement. Seit zwanzig Jahren in Universitätsspitälern und im Gesundheitswesen tätig, wo er auch als Sachbuchautor schrieb. Dazu freier Mitarbeiter im Rebbetrieb seines Ehemannes am Bielersee. Veröffentlicht Romane (darunter "Felser Glut"), Kurz- und Spontangeschichten und anderes.

„Einen Grabstein für den ganzen Schlamassel und darauf gehört die Inschrift: Menschheit, du hattest von Anfang an nicht das Zeug dazu."

Charles Bukowski

.

© Martin Bruderer, 2023 / smartbrudi@gmail.com

Das Werk ist urheberrechtlich geschützt, einschliesslich seiner Teile. Jede Verwertung ist ohne die Zustimmung des Autors unzulässig.

Bibliografische Information der Deutschen Nationalbibliothek: Die Deutsche Nationalbibliothek verzeichnet diese Publikation in der Deutschen Nationalbibliografie; detaillierte bibliografische Daten sind im Internet über dnb.dnb.de abrufbar.

ISBN: 978-3-7412-9173-9

Dank an Daniel Stalder von www.pentaprim.ch für das begleitende Schreib-Coaching.

Herstellung und Verlag:
BoD – Books on Demand, Norderstedt

Wie leicht es sich doch verzählt

In der Erzählung steckt die Zählung, in der Zählung die Zahl.

Eine abgeschlossene Zählung er-schöpft sich, sie ist er-zählt.

Die Zählung reiht die Zahlen aneinander, eins, zwei, drei und so fort. Ereignisse können sich aneinanderreihen wie die Zahlen, bis zum Ereignis am Schluss. Das gibt dann wohl die Erzählung, *plus ou moins*.

Was aber ist eine Verzählung?

Ganz einfach, könnte man sagen: eine fehlgeschlagene Zählung. Die Zahlen sind durcheinandergeraten, sie sind aus dem Ruder gelaufen.

Aus dem Ruder kann vieles laufen, wenn es sich so erzählt.

Zum Beispiel:
Die Regungen, die Gedanken.
Die Wortgebilde, die Zeichen.
Die Figuren und ihre Pläne.
Die Vorsätze, die Absichten.

Am allerheftigsten: die Grenzen, die Ordnung!

Aber laufen zum Ende nicht sowieso alle Geschichten aus dem Ruder? Sucht nicht jede ihren eigenen, störrischen Willen? Diese Selbstläufer immer! Wie die Geschichte vom

Paradies! Oder wie die von der Seuche! Oder wie jene von der Welt!

Wer also kann die Zahlen schon frisieren, wer kriegt Ordnung in sie hinein? Wer kann schon richtig zählen?

Wer weiss denn, ob das Ende auch das Ende ist?

Darum sage ich der Geschichte: «verzell emal!»

***

Spieglein, Spieglein im ganzen Land 9

Himmel, du Hölle 33

Feuer im Blut 51

Die Hinterlassenschaft 73

Sündflut 99

Drückebergers Angst 117

Höhepunkt, wo bleibst du? 139

Fragestunde 163

Verzählung Nummer eins

Spieglein, Spieglein im ganzen Land

Keine trägt die Bananenfrisur wie Agneta-Babetta, so hoch und auftoupiert. Ihr goldenes Haar leuchtet immer noch, trotz ihrer ..., aber darüber schweigt Aba, wie sie alle nennen, wie sie von allen angesprochen wird, mit Vorliebe im feinen, weichen französischen Ton, spitze, geschlossene «A»: Aba. Sie ist immer noch fit, die Sportlichkeit in Person, kein Gramm zu viel. Es gibt nur Disziplin. Es hat nie etwas anderes gegeben.

In der Stadt betreibt Aba ihr Etablissement, eingemietet im besten Hotel am Platz, dem Viersternehaus an der Bahnhofstrasse. Art déco schmückt das Entrée, wenn auch ein leeres Versprechen, die Zimmer sind beliebig.

Sie hat ihr Leben im Coiffeursalon verbracht, bei ihrer Mutter auf einem leeren Friseursessel oder in der Spielecke beim Schaufenster, bei Mamchen, die keinen Mann hatte, nur ein schaffiges Leben und ein Kind, die ganze Zeit ein Kind, man stelle sich vor, ein Kind rund um die Uhr und dazu den Salon, den eigenen. Jetzt gibt es die nüchterne Stube mit den Coiffeurhauben und Zeitschriftenstössen nicht mehr, schon lange nicht mehr, auch Mamchen nicht.

Aba hat den mütterlichen Betrieb übernommen, hat vergrössert, hat verwandelt, führt mit straffer Hand, ihren *Le Monde Cosmétique*, wie sie ihn jetzt nennt, in dem alles kühl glänzt, blitzblank, ein Tor ins Mondäne. Fünfzehn *filles* beschäftigt Aba, nicht nur spätadoleszente, sondern auch über die Jahre hinweg tadellos konservierte wie sie selbst, alle im hochernsthaften Gestus des Metiers, dienstbereit, einfach nur da für die Kundinnen. Mit aller Energie wenden sie sich den Gesichtern zwischen ihren Händen zu, um sie zu pflegen und ihnen alle Ehre zu erweisen, von nichts wollen sie abgelenkt werden und doch mit ihrer Arbeit nicht aufdringlich wirken. Sehnsucht guckt sie aus den Kosmetikliegen an, ein dringliches Verlangen nach Vollendung in all ihren Facetten: Die *filles* mögen hervorheben und beleben, kaschieren oder gar korrigieren, man vertraut ihnen und sich ihnen an, denn mit dem Hässlichen wird man fertig im *Le Monde*. Wer es wissen soll, weiss es.

Über dreitausend Einträge führt die Kundenkartei, der Stolz von Aba. Gut und gerne geben sich fünf Dutzend Gäste die Klinke des *Le Monde* in die Hand und dies am ganz gewöhnlichen Tag. Einmal verschönert, hinterlassen sie dreistellige Summen, nicht selten steht die drei oder vier zuvorderst im Frankenbetrag. Alle kommen sie an die Bahnhofstrasse: die Kaderfrauen aus der Uhrenindustrie, die Kostgängerinnen der Hochkultur, die Sternchen der Partyszene, die Möchtegern-Heldinnen der städtischen und überregionalen Politik und die Snobs unter den Gören, alle erliegen sie gerne dem Zauber, der Gaukelkunst im *Le Monde*, wo man weiss, welche Schönheit angesagt ist und wie man sie zum Scheinen bringt.

Klacks, klacks, klacks. Aba stürzt sich die Stufen hinab, durch die Treppenschlucht am Abhang, die ihre zwei Zimmer – keiner weiss, wie unanständig wenig sie für die Altwohnung mit Terrasse an der noblen Lage monatlich hinblättert, es raschelte kaum, legte man die Geldscheine aus –, sie klappert also über die groben Steinkaskaden, die ihre Zimmerlein mit dem Häusermeer der Stadt verbinden und fliegt ihrem *Le Monde* zu. Meisterlich: Aba in sommerlichen Pantoletten mit Keilabsätzchen auf den klobigen Stufen – klacks, klackediklack, klacks –, traumwandlerisch umtänzelt sie die Spalten und Brüche der Trittflächen, die sie der Urzeit zuschreibt, wenn auch einer offensichtlich bröckelnden.

Gelegentlich piepst es aus Abas Henkeltasche, die sie am Ellbogen schwenkt, in Flamingo-Pink, Ton in Ton mit den Pantoletten. Wenn es zirpt durchs edle Leder, schaue man genau hin, man kann es kaum sehen, aber – genau! – Abas Bewegungen zeigen plötzlich eine Prise verwerflichen Überschwangs! Sie springt kräftiger von Steinvorsprung zu Steinvorsprung, die Hüpfer ihrer langen, makellosen Beine gehen auf einmal höher: Endlich ist Aba vergewissert, endlich spürt sie, das Universum meldet sich, *Le Monde* erwacht, kräuselt sich wie Wasser, das in Bewegung gerät, und spült Aba diese Liebkosungen zu, diese kleinen Vitalisierungen, ohne die es einfach nicht geht. Sie weiss, die vielen farbigen *Buttons* auf dem Zauberkästchen in der Henkeltasche schrauben ihre Zähler hoch, unablässig. Ein paar neue Botschaften da, vielleicht eine ganze Ansammlung von Nachrichten dort, alles aus dem Zwitscherkonzert im unsichtbaren und scheinbar grenzenlosen Netz, mit dem sie ihr Kästchen verbindet.

Sieben Uhr dreissig früh, *Le Monde* dreht bereits, sie hantieren schon fleissig, in wortloser Verständigung, die Visagistinnen, die *Guides Beauté* und die *Agente Anti Aging* im separaten *Studio aux appareils*. Die Rollen sind eingespielt, es kommt keine Hektik auf. Aba lässt keine Zufälle zu, sie ist überzeugt, grosse Werke fussen in der Ruhe und Sammlung.

Bonjour *Le Monde*, die Chefin tritt ein, schaltet die Putzlampen aus und dreht das grosse Licht an. Nur sie betätigt den Schalter der vielen kleinen Neo-Leuchter, die aufgereiht aus dem Schaufenster hoch zur Decke und weit zum Hinterausgang ins Gebäude streben und deren Glitzern die vielen Spiegel im *Le Monde* nun zurückwerfen, als wären es leuchtende Tautropfen in Spinnweben. Zu früh am Tag für Glamour, aber Tristezza ist nie eine Lösung. Aba tut jetzt wirkungsvoll nichts, sie will kein *Bonjour* zurück, blickt nicht nach links, nicht nach rechts, zelebriert ihre Ankunft, den Aufbau ihrer Aura, unerschütterlich ihre Gewissheit, dass alle und alles parat sind, die Instrumente, die Tuben, die Mind-Sets. Es kann losgehen, das Bühnengeschehen.

Noch reicht es für den Gang ins Hinterzimmer, ins *arrière pièce*, das nur Aba gehört und ihren Buchhaltern und Helfern, die manchmal abends aufzukreuzen pflegen. Es bespricht sich hier Ernsthaftes wie Computer-Angelegenheiten oder Geld- und Personalgeschäfte, von Augenpaar zu Augenpaar, dann und wann. Im Übrigen ist es Rückzugsgebiet, Schaltzentrale, aber immer auch Gefilde der Geheimnisse des *Le Monde*. Von hier aus fädelt Aba ihr Networking ein, aus dem *arrière pièce* ersinnt sie ihren Erfolg.

Im engen Zimmer setzt sich Aba auf die Chaiselongue, vorne auf die Blähungen des Polstersamtes, zieht ihr Kästchen aus der Henkeltasche, drückt die Knie zusammen, in eine Spitze quasi, wo nun aufgebahrt ihr allerwertestes, smartes Teil liegt, ihr *Momo*, wie sie es nennt, ihr *mon moteur*, ihr Motörchen. Kurz noch Hände-Cleaning mit dem Wegwerftüchlein.

Jetzt drückt Aba fingerfertig auf den Bildschirm, immer wieder, streichelt über ihn, zögert sekundenlang, tippt wieder, hält kurz inne, wischt weiter. Aba, die Eilfertige. Drei Minuten lang liest sie die Botschaften, die ihr das Motörchen von überall her zugespielt hat, und siebt gedanklich aus, was sie in den nächsten Stunden wiederkäuen und emotional auskosten wird. Jede Schmeichelei, jedes Kompliment, jede Gratulation will sie vor dem inneren Auge haben, denn es wird eine Weile dauern bis zum nächsten Zwischenhalt im Séparée des *arrière pièce*, bis ihr Motörchen sie wieder füttert, bis es wieder Nahrung hat, in den vielen Tröglein auf dem Bildschirm, so wie gerade jetzt: *So aufmerksam, wie Sie sind! – Woher wussten Sie nur, was ich brauche? – So lieb von Ihnen, tous mes bisous! – Ihr Le Monde, immer gern, ein Lichtblick, aux nombreux revoirs! – Sie Beauty-Engel, dass Sie mich nicht vergessen haben, einfach schön! – Immer ein Aufsteller bei Ihnen! – Immer gern! – Immer gut! – In Verbundenheit. – In Dankbarkeit. – Ihnen verpflichtet! – In Treue, auf ewig!*

Es bleibt ein Spürchen Zeit, nochmals von vorne! Aba sucht die angenehmsten Kundgebungen ein zweites Mal hervor, taucht wieder ein, lässt das Flirren des Motörchens wieder in sie fahren und sie erneut durchzucken. Sie inhaliert die Häuchlein der Elektrosphäre, die vom leuchtenden Schirmlein aufsteigen, in die Bronchien ihres Seelenorgans.

Aba springt auf, sie weiss, sie stehen schon Schlange, all die Körperteile, denen sie sich gleich widmen wird, mit jeder Faser ihres Seins. Sie kennt sie alle in- und auswendig, die Stirnen und Augen mit ihren Brauen, die Nasen und Münder, die Kinne und Wangenknochen. Inmitten ihrer Vielfalt kommt ihr gelegentlich die Perfektion entgegen, hier die knackfrische Jugend, da die saftige Fülle und selten die unantastbare Makellosigkeit. Längstens hat sie sich ihre reine Schönheit zusammengesucht, aus den vielen Gesichtern und ihren Teilen, die sie pflegt und hegt, hat sich ein Gesicht modelliert, das vollkommene Antlitz, ihr Antlitz, ihr ganz eigenes, Betonung auf IHR. So müsste Aba ausschauen, die wahre. So sieht sie sich und nicht anders.

Was sie nun hochtreibt, was sie fliehen lässt und immer auch anzieht in die Spiegelwelt, in die Welt ohne Schatten, Aba weiss es nicht so recht. Vielleicht hofft sie auf eine neue Kundin, in deren Zügen sich eine noch grössere Anmut entdecken lässt? Vielleicht will sie in ihren Lieblings-Gesichtern auffrischen und wiederherstellen, worin sie sich selbst und ihre Träume so sehr wiederfindet? Oder kämpft sie nur gegen das an, was in den Gesichtern zerfällt und niedergeht? Ihr eigenes schönes Wunschbild, ihr ideales Gesicht, bald nicht mehr da?

Aba kramt zusammen, was das Motörchen ihr soeben hergegeben hat und kleistert die vielen Brocken wie Fresszettel an die Wände ihrer Gedankenkammer: *So lieb von Ihnen! – Immer gern! – Auf ewig!* Und so weiter und so fort. Der Mind-Set sitzt, er wird ihre Hände führen und das Geschick ihrer Hände wird die Kundinnen glücklich machen. Und glückliche Kundinnen lassen das Motörchen später ruckeln, ergeben Klicks und Kommentare. *Sie Beauty-Engel!*

Wie soll man denn einen Namen finden, für das dumpfe, unangenehme Gefühl, das Aba beschleicht und das sie nun aus dem *arrière pièce* in den Salon trägt? So viel zu viel in sich aufgenommen, so überfüttert und doch schon wieder heisshungrig.

Zuerst im Tagesprogramm warten ihre Wangenknochen. Ikonen von Wangenknochen, hoch im Gesicht, kantig und doch geschmeidig, da kommt keine Schauspielerin hin, nicht die Sawatzki vom Tatort und schon gar kein roboteroides

Laufstegwesen. Salomé heissen die Wangenknochen. Bald vierzig Jahre und immer noch treten sie stärker hervor, jedes Mal ein klitzekleines bisschen mehr. Aba behandelt die Haut über den Knochen mit Sauerstoff, Pigmentstörung, nicht einfach in Schach zu halten. Sie lässt das Gerätlein surren, drückt und belastet das Gewebe doch kaum, streichelt respektvoll den Muskelzügen entlang, wie die Malerin am Porträt, hundertfach der gleiche Strich, sie schöpft, sie bildet, sie modelliert, als wären es ihre ganz eigenen Wangenknochen, Symbol der Überlegenheit, Ausdruck ihrer *Personality*, wie es neuerdings heisst.

Genug des Sauerstoffs, die Wangenknochen müssen ruhen. Die Salomé unter warmen Frotteelappen ist nun allein im Studio, ist sowieso allein, immer noch keinen Mann an ihrer Seite. Kurze Kaffee-Pause für die Künstlerin, ein Käpselchen *Master Origins Nicaragua* im *arrière pièce*, Aba natürlich am Motörchen: *es Goldschätzeli, jedesmal e Wiedergeburt, Küsschen, Küsschen! – Fantastisch, chume gli wider, ma chérie.* – *Sie sind mein Glücksbringer, Sie tun mir gut.*

Die Emotiönchen dringen in Aba ein, gehen ab, enthemmt und ungestüm. Wie die Kügelchen im Kästchen eines Geduldsspiels kullern sie durch ihr Gemüt, klickern nervig, wenn sie ineinander prallen und rollen verloren hin und her. Aba kennt sich nicht aus im Labyrinth, kann die Kügelchen nicht führen und ins Ziel bringen. Es gibt kein Ziel, es gibt keinen Ausgang in diesem Spiel, überhaupt gibt es keine Ordnung auf dem Tummelfeld der vielen kleinen Launen, welche die Worte aus dem Motörchen in ihrem Inneren erzeugen. Abas Gemüt findet keine Ruhe, ihre Hände zittern. Was nur soll sie tun? Aba lässt die Finger auf dem Bildschirm einfach weiter drücken.

Weg ist die Salomé, aus dem Staub. Aus den Augen sind die Wangenknochen und machen nun Platz für die Lippen, volle, samtweiche Lippen. Zu Trudi gehören die herausragenden Exemplare, aber in wessen Gesicht sie stehen, kümmert Aba kaum, sie sieht nur die Lippen, sie hat sie erwählt und in sich aufgenommen, in ihr Modellgesicht.

Trudi ist eine betagte Kundin, aber Aba hat Vorstellungskraft, kann sich eine junge, buspere Trudi rekonstruieren und ausmalen. Sie weiss, wie elegant sich solche Lippen vor langer Zeit schwangen, zart nämlich wie hingehauchte Dünenspitzen. Aba muss sie jetzt erahnen, nachzeichnen und die klaren Kontouren von einst wiederfinden. Was für ein Versprechen, denkt sie sich, wie üppig diese Lippen wohl verwöhnten, feiner noch als fein empfanden und der Berührung neuen Sinn verliehen. Aba zieht die Linien nach, schattiert mit spitzer Nadel im Himbeerton die angewelkten Kurven eines Mundes, der einst Ebenmass besass, in Trudis Gesicht und in sich selbst.

Das Werk ist vollendet. Trudi freuts, die Äuglein glühen, das himbeerrote Fleisch ums Zähneweiss strahlt wieder prächtig, erlangt die alte Sattheit – nahezu, nahezu! Was glauben sie, Aba – Trudi fragt und bettelt –, können diese Lippen noch verführen? Natürlich! Vertrauen sie mir, vertrauen sie mir. Trudi zückt die Kreditkarte, rundet auf, eine solche Bejahung alter Frische hat ihren teuren Preis.

Aba lässt sich in die Mittagspause fallen, Rübli, Knäckebrot, ein Ingwerwasser, die Füsse hoch, gekreuzt über die Rückenlehne der Chaiselongue, sie liegt verkehrt herum und liest: *Aba, immer bist Du da, Aba, so lieb von Dir, so nett, so süss. Aba, Merci infiniment! – Und dass Sie meinen Geburtstag nicht vergessen haben, wie aufmerksam, nach so langer Zeit!* Sie klammert sich ans Motörchen, drückt es innig an die Brust. Zwanzig Minuten *Power Nap*. Noch tiefer lässt Aba sich jetzt fallen, in das Gewusel hinter den Lidern, in den Tagtraum. Sie möchte sich überlassen, sie weiss nicht wem oder was, es möge ihr im Schlummer begegnen.

Alle scheinen es zu mögen, das Ergüsschen zwischendurch aus jeder noch so kleinen Ritze der Welt, alle sind sie erpicht, auf die vielen Fürzlein, die aus der Ferne durch den Äther pausenlos heranrauschen und auf dem Handy-Display aufpoppen und verpuffen. Alle harren sie auf den kleinen Existenzbeweis: Man muss doch vergewissert sein, dass es die anderen noch gibt, und umgekehrt und viel wichtiger, dass man im Gedächtnis der anderen noch vorkommt und dem allgemeinen Vergessen nicht anheimgefallen ist. Wie tut sie gut, die stetige Schmeichelei in Häppchenform, könnte sie auch bangloser nicht sein, Hauptsache, sie findet statt, möglichst oft, zur Geburt und zum Geburtstag, zum Feiertag und Jubiläum, zur Partner- und Berufswahl, zur Abreise wie auch zur Rückkehr, zur bestandenen Prüfung und zur Beförderung und zu jedem anderen weltbewegenden Ereignis.

Also ist man dem Zwitschern aus dem *Le Monde* nicht abgeneigt, man lässt sich online bespassen, anfixen oder die Zeit vertreiben. Wenn die Glitzerwelt an der Bahnhofstrasse einen Grund findet – eine Gratulation, eine massgeschneiderte Dienstleistung, eine Einladung – und sich meldet, dann freut man sich und schmust zurück, will einfach dazugehören, quasselt eine Antwort in die Tastatur, zu einem gesitteten Rülpser reicht es alleweil. Aba wird sich doch freuen, wird vielleicht das nächste Mal im Salon ein Extra einschliessen, ohne Aufpreis, oder etwas Rabatt gewähren.

Mühsam hat sich Aba das Wohlbehütete ergattert, in jahrelanger Kleinarbeit, der Eintrag fehlt nie in der Kundenkartei, ausnahmslos. Oberstes Gebot im *Le Monde*: man führt Buch über die Geheimnisse einer jeden Kundin, man hat notiert, wann sie das Erdenlicht erblickt hat, man weiss, wann es in ihrem Leben etwas zu feiern gibt und ein baldiger Erfolg oder Kindergeburtstag ansteht, man kennt die stillen Sehnsüchte und selbstverständlich die Methoden, womit man sie vorläufig befriedigen kann.

Aber welch ein Murks! Aba hat das nie gemocht und nie richtig hingekriegt. All den Vorzugs-Kundinnen immer schön zum richtigen Zeitpunkt die kleine Nachricht absetzen, die SMS, den elektronischen *Post* oder die Email. Wie erschlagend der Aufwand, wie umständlich die Organisation, um keinen Geburtstag, keinen Namenstag, kein Jubiläum und kein grosses Ereignis zu verpassen oder zu vergessen! Und bitte, was schreiben, was man nicht schon zigfach geschrieben hat? Wie die Peinlichkeit umgehen, beim *Copy-and-paste* entlarvt zu werden? Was gibt es denn überhaupt zu sagen, zum Ticken der Zeit? Hier ein Jährchen mehr, dort schon wieder Glockengeläut und bald ein Kindchen mehr. Was ist denn schon dabei?

Unaufhaltsam ist Abas Kundenkartei angewachsen, auf jedem Kärtchen viele Erinnerungsvermerke, da kam mit der täglichen Tipperei auf dem Handy selbst Abas Disziplin an den Anschlag. Es war ihr bald Mühsal und schliesslich nur noch Last, die Kundenbeziehungen zu pflegen, eine Last, die nicht aufhörte, schwerer zu werden und sie fast erdrückt hätte.

Nun ja, hätte die Medaille nicht ihre andere funkelnde Seite! Da gibt es nämlich den Widerhall aus den sozialen Medien, die Kundinnen antworten nett und gefällig auf Abas

Botschaften, danken mitunter warmherzig dafür, im *Le Monde* so sehr verwöhnt zu werden, sie versprechen hochheilig, bald zurückzukehren. Als flösse ein Kitzelstrom aus dem Motörchen in sie hinein, so empfindet Aba, einer, der sie belebt und im Stress des Alltags nicht einknicken lässt.

Weitherum haben sich die Dauer-Lobhudeleien aus dem *Le Monde* ausgebreitet und entfaltet wie ein engmaschiges, klebriges Fadenwerk, das alle immer wieder an die Bahnhofstrasse zurückholt und ins Netz gehen lässt, in dessen Mitte sie nun sitzt: Aba, die Spinnerin, Aba, die Gierige und Nimmersatte, die alles Schöne einverleiben will. In ihr Schirmlein vor dem Kopf, ihr Spieglein quasi, fragt sie wie die verzweifelte Königin im Märchen: Wer ist die Schönste im ganzen Land, wie komme ich ran an das alleredelste, schillerndste Gesicht! Mein perfektes Gesicht.

Jetzt gibt sich Aba ganz ihrer Fantasie hin, immer noch kopfüber drapiert auf dem Samt ihrer Chaiselongue, sie ist aus der Rolle der königlichen Schwiegermutter geschlüpft, auf die Gegenseite, ins Schneewittchen. Sie träumt von ihrem Retter, wirft sich ihrem Helden an den Hals, händeringend. Das giftige Stück im Hals ist kein Apfelschnitz, sondern nur die Karotte aus dem Lunch-Paket (aber das merkt die Dösende nicht). Sie würgt und würgt und kriegt das Stücklein nicht aus ihrem Hals, elendiglicher noch, sie kann sich auch aus der Totenstarre nicht herauswürgen. Warum hilft ihr denn keiner? Sie würfe sich jedem an den Hals, wenn sie nur entrinnen könnte. Wär das Wittchen nur ein Flittchen, es wär ihr einerlei.

Dabei müsste sie es längstens intus haben, in jeder Faser ihres Seins, die wache Aba weiss es doch schon lange. Sie hat ihren Retter gefunden, er heisst auch so: Salvatore. Es gibt ihn in Fleisch und Blut, wie aus dem Märchen ist er in ihr Leben getreten und in die Bresche gesprungen. Lange schon hat der Prinz sein Schneewittchen aus dem steifen Sarg und der grossen Beklemmung befreit!

Salvatore ist da, einfach immer da, er könnte verlässlicher nicht sein. Er hockt sich wöchentlich ins *arrière piece*, vor den Bildschirm, und nimmt Aba den ganzen Kram ab, das Computerzeugs und all die *Posts* und *Likes*, die SMS und Emails. Denn sowas kann Salvatore, er ist der Computer-Freak, es gibt für ihn nur *Bits and Bytes*. Zur Tarnung schlüpft er wie ein Flittchen in den Rock, gewissermassen, gibt sich also im Netz als Aba aus und lässt diese wacker ihr Gesäusel zu den Kundinnen tragen, digital, wohlverstanden. An Abas Stelle lässt er zu jedem Anlass gratulieren, lässt die Kundinnen beglückwünschen, alle der Reihe nach, pflichtbewusst, rechtzeitig und ausfallsicher. Aba hat ihrem Ghostwriter die Passwörter überlassen, er sitzt im Cockpit ihrer virtuellen Instanzen und verteilt die maskierten Botschaften, ein Hallo hier, ein Grüsschen da, eine kleine Anteilnahme dort – *hingebungsvoll, Eure Aba!* Zwanzig Rappen pro Message verlangt Salvatore, sowas kann sich Aba leisten, so will sie es. Sie kriegt auch etwas für die Währungen, mit denen sie bezahlt, für das Geld oder des Prinzen Erleichterung, dann und wann.

Aba hat für Salvatore die Datenbank im System gespiesen, wochenlang, hat aus ihrer Papier-Kartei alle Details zu den Kundinnen in den dafür vorgesehenen Feldern eingetippt: die Berufe und Erwerbstätigkeiten, die Zeitvertriebe und Vorlieben, die Freundinnen und Mütter, die Social-Media-Gewohnheiten und natürlich alle Jahrestage und Jubiläen. Salvatore lässt seine eigens dafür entwickelte Software auf die Daten zugreifen und die Kundenprofile clever verwerten, er benutzt bis aufs Letzte, was Aba zusammengekratzt hat. Und dann kommen seine unsichtbaren Roböterchen – getrieben von selbstlernenden Algorhythmen – ins Spiel, die jede Botschaft, jedes SMS, jeden *Post* und jede Email wie von Geisterhand erstellen und den Kundinnen ins Handy drücken. Sie erzeugen süffige Textschnipsel, lassen Wiederholung nicht zu, nicht ein einziges Mal, sie halten nämlich Absonderung um Absonderung aus der Datenbank fest, das ganze Ping-Pong-Geschwätz wird aufgezeichnet, auch aus der hinterletzten *App*. Salvatore, der Nerd, der Autist aus der Welt der *Bits and Bytes*, herrscht über seine *Undercover Bots*, seine Software-Zauberlehrlinge, die zuerst das Gedudel aus dem Netz fleissig durchforsten, dann neu zusammenkitschen und wieder verschleudern, wieder ausbreiten, Güllenspritzer über den Kundenacker.

Vor lauter Ringen im Halbschlaf fällt das Motörchen zu Boden, Aba schreckt auf, spuckt die Karottenkröte keuchend aus, sie fühlt sich enttäuscht, auf den Prinzenkuss kann man noch ewig warten! Beine runter, Motörchen wieder auf. Himmel Herrgott, ich muss los!
    Und himmlisch wird es jetzt, zum Glück, es harren schon die klaren, hellen Augen, so blau wie das Meer in der Schmugglerbucht auf Zakynthos.
    Was brauchen solche Augen schon? Doch nicht Verschönerung? Milva, keine zwanzig, hat schon auf der Kosmetikliege Platz genommen. Über den Pausbacken quellen azurfrische Blicke hervor und verströmen ein keckes Leuchten. Nur ein kleines Wimpernlifting, Schönes muss einen Rahmen finden. Aba klebt, Aba pinselt, Aba tüpfelt, Aba bringt die Härchen in Reih und Glied, dunkle Farbe,

dunkler Glanz. Milva kann jetzt wieder klimpern, Milva schickt ihre Blicke jetzt bekränzt, Vorhang auf, Vorhang zu, so ein Flehen aus der Seele muss Theater sein und Theater gibts nicht kostenfrei. Milva zückt ihr Handy, Händchen hoch, Händchen runter, Transaktion abgeschlossen, Väterchens Konto.

Aba lässt die Augen ziehen, ungern, und behält sie doch in ihrem Sinn, sie hat sie längst aufgenommen, es sind die schönsten Augen, in ihrer Vision.

Der Tag wie endlos, späte Stunde, Aba auf dem Heimweg. Die Laternen aus Guss werfen ihren müden Schein in den Korridor der Stufen am Jura-Berg. Tritt für Tritt aufwärts, was schmerzen die Pantoletten! Aba wirft sie von den Füssen, sammelt sie ein, steigt jetzt barfuss hoch, scheinbar bedächtig. Ihr Antlitz schleppt ein fahles Leuchten von einem diesigen Lichtkegel zum anderen: Es ist der Wiederschein des Motörchens, lahm wie das Licht der Pfosten. Akku ziemlich down. Nichts mehr von Klackediklack.

Ein paar Smiley-Grimassen von Ariane, Aba holt Luft, vielleicht noch hundert Steinblöcke zu erklimmen. *Verzeih, meine Liebe, bin nicht mehr so oft in der Stadt, Deine Xenia.* Shit, echt jetzt? Scheissdreck! Hundekot. Aba setzt sich hin und wischt die Exkremente vom Fuss, wischt übers Motörchen, noch sieben Prozent. *Long time no see, ich meld mich mal*, hat Alisha knapp zu vermelden und Akemi schickt noch ein Bildchen vom Henna-Stirn-Tattoo, Aba solls wegmachen.

Noch eine Stufe, die einundneunzigste, noch ein Tippen im Schirmchen, dann die dreiundneunzigste. Aba gibt sich einen Ruck und gleich einen weiteren, streichelt nochmals übers Motörchen, schafft knapp die hundertdritte, sie hätte nicht mehr weit. Die Spinne hat genug vom Netz, verheddert sich, findet den Faden nicht mehr, nicht mehr den richtigen, ihr Hunger pausiert, das Motörchen tut keinen Wank mehr. Gute Nacht!

***

Aba hat noch nie verschlafen, das ist ihr noch nie passiert. Der *Maître de maison*, den die Hotellerieangestellte rief, musste lange an der Zimmertüre klopfen, bis er nach Aba sehen konnte. Er war nicht zu beruhigen gewesen. Warum taucht sie nicht auf? Da stimmt etwas nicht!

Seit Jahren verbringt Aba die Wochenenden im Grand Hôtel am grossen See. Sieben Uhr dreissig im SPA, neun Uhr dreissig ein kleines Frühstück, Aba ist verlässlich, nur heute nicht. Heute ganz und gar nicht. Zum allerersten Mal.

Auch die Banane lässt sich nicht hochstecken, Aba werkelt mit Mühe an einem Chignon herum, zupft einen Gummi ins Haar, die Fransen fallen bis auf die Schultern. Halbbatzig schlüpft sie im *Day Pyjama* in ihren Rotfuchs-Pelzmantel, der Gürtel hängt lose, überlang herab in die eine der offenen, ausgeknickten Stiefeletten. Aba, zieh wenigstens die Schuhe richtig an, das Wetter ist eisig, ein Ausnahmewinter!

Aba trottet am Ufer entlang, über gefrorene Pfützen. So hat sie keiner je gesehen. Noch immer hängt der offene Pelz unter den Schulterblättern, aber da ist kein Zittern, kein Zähneklappern. Wo, nur wo mag die Empfindung geblieben sein? Neue Farben zeigen sich an Aba, ein Granatapfelrot am Schnitz der Nase, ein aschfahler Ton in dem Bisschen etwas – vielleicht wie Haut – um die Fingerknochen. Aber noch ist Leben in den Gliedern, noch fahren sie unablässig übers Motörchen, kratzen krampfhaft an der kalten Scheibe. Nur da will sich nicht mehr viel regen, seit Tagen nicht, kaum eine meldet sich, kein *Sie mein Beauty Engel* mehr. Selten noch ein trockenes *Danke!* Oder manchmal ein *See you, bis zum nächsten Mal.*

Aba will es nicht verstehen, Aba hält es nicht für möglich. Es muss gute Gründe geben, es kann doch fürwahr nicht sein. Wie versiegt ein Strom, der so standhaft floss? Wie verhallen die vielen Rufe, ohne dass das Echo quittiert? Wie soll denn der Puls verfallen, wenn das Herz noch pumpt, nicht aufgehört hat, zu schlagen?

Sie gönnt sich ein paar Stunden im Liegestuhl, zurück im Grand Hôtel. Der *Maître* hat sie aufgreifen lassen, hat sie mit Suppe versorgt, aus Blumenkohl und Linsenbrei. Jetzt liegt Aba in dicken Decken an der Wintersonne, hinter Glasflügeln auf dem Balkon. Die Sonne dringt in sie ein, die Sonne vertreibt das Granatapfelrot. Bleiches, steifes Schneewittchen, es liegt wieder im Dämmerrausch, im Prinzendelirium. Sieht den Salvatore, gestikulierend: Nein, Aba, ich kann es dir nicht erklären, nein, ich tue immer noch dasselbe, ja, sie werden immer noch alle bedient, alle deine Alishas und Xenias, alle deine Akemis. Ich säusle ihnen die Inböxlein auf dem Handy voll, mit jedem Glücksversprechen, jedem Herzenskompliment, Zauberspruch um Zauberspruch. Alles nach deinem Gusto, wie von dir aufgetragen. Keine geht leer aus, kein digitales Körbchen bleibt ohne Inhalt im weiten Wunderwerk des Internets. Weh, weh, weh, oh, wehe mir, wenns anders wär!

Aba hat an der Sonnenwärme etwas Kraft gefunden, rafft sich auf, entschliesst sich, ein kleines *Dîner* unten im Salon einzunehmen. Sie erschrickt, wie konnte sie sich nur so gehen lassen? Die Banane funktioniert wieder, blonde Haarrolle wie im Hitchcock-Film. Abas Hände führen einen

Spritzer *Verveine*-Öl ins Gesicht und massieren träge, weltvergessen die Züge. Die Blicke verlieren sich im Spiegel, als fielen sie durch ein Loch in der Wand auf eine andere Aba, die reine Aba, ein Wesen aller Wesen aus dem *Le Monde* mit Augen wie von Milva, meerwasserblauen, wahrhaften Augen, mit einem himbeerroten Trudi-Mund, diesem saftigen Versprechen auf Befriedigung, und ja, da zeigt sich noch der Stolz einer Salomé, markante, hohe Wangenknochen. Aba fixiert irritiert das Loch und zweifelt: vielleicht doch nicht ganz so hoch? Nicht ganz so himbeerrot? Nicht so meerestiefblau!

Nie hat sich Aba an dieses Gesicht gewagt, nie hat sie Farbe aufgelegt, nie hat sie eingegriffen. Sie weiss nicht, wem das Abbild gehört. Sie weiss nicht, wohin sie schaut, sie weiss nicht, wer sie anblickt, von der Gegenseite. Jetzt erst recht nicht mehr, jetzt, wo sie alle ins mysteriöse Schweigen fallen, die Milvas, die Trudis, die Salomés, jetzt, wo das Motörchen ruhiger und ruhiger wird, immer seltener ruckelt, so oft einfach nur schweigt, kommentarlos, ohne Botschaft. Aba blickt fragend, ratlos durch den Rahmen an der Wand: Was nur ist geschehen, warum lasst ihr mich im Stich, warum hat mich die Welt vergessen? Spieglein, Spieglein, warum schweigst du nur? Warum sagst du nichts mehr?

Er hat sich zu ihr gesetzt, ohne zu fragen. Plötzlich war er da, an ihrem kleinen Tisch im Speisesaal, aus dem Nichts. Aba weiss nicht, woher er gekommen ist. Mit den Äuglein tief im Kopf unter birkenweissen, buschigen, aber gepflegten Brauen und einer hohen, freien Stirn richtet er seine ganze Aufmerksamkeit aufs Menü, Teller für Teller. Aba kann nicht anders, findet beim besten Willen keine Zurückhaltung, schämt sich, aber sieht dem hochbetagten Gegenüber gebannt zu, wie es lange die Speisen betrachtet, von allen Seiten, während ihm das Wasser im Mund zusammenzulaufen scheint, sieht wie es sich mit einem Leuchten in den Augen auf das Bevorstehende freut, sich selbst erzählt, was es nun gleich geniessen wird: Papayastreifen an Fenchelschaum, Pistazienkrümel, Limettenabrieb. Grüne Gemüsepapaya habe er noch nie gegessen, flüstert der Fremde, sie sind sogar mariniert im Öl gerösteter Sesamkerne! Wie unvergleichlich das Öl dufte, schwärmt der Greis und fächelt sich das würzige, wärmende Aroma zu, minutenlang, gleich so viel Überraschung in einem Gericht! Die Brauen gehen hoch und wölben sich zur Salondecke hin.

Während er isst und weiterzelebriert – jeder Mundvoll entzückt ihn aufs Neue –, wirft er Aba kurze Blicke zu, verstohlen zuerst, abtastend, dann neugierig forschend, immer begleitet vom Anflug eines Lächelns, von einer Prise Schalk. Ein Mensch im Glück. Er sieht, wie Aba lustlos speist, das Meiste stehen lässt, wie sie nun aber zusehends ruhiger wird, und seltener, bald kaum mehr zum Motörchen greift, in das sie immer kürzer starrt, um es jeweils säuerlich auf den Tisch fallen zu lassen. So geht das fast zwei Stunden. Eine Tischgemeinschaft, wenn auch eine lose, sanfte.

Die meringuierte Mandarinentarte zerläuft in den Mündern und verschwindet, Aba hat sich endlich dem Ritual angeschlossen, Löffel für Löffel, auch vor ihr ein leerer Teller, zur Verblüffung des Kellners. Ihr Vis-à-vis tupft mit zerknüllter Serviette durchs Gesicht, atmet lange aus und blickt ein letztes Mal über den Tisch. Sie erlauben? Er wartet die Antwort nicht ab, greift mit beiden knorrigen Händen nach Abas linker Hand, richtet sich auf, beugt sich herunter und küsst, satt und herzlich. All mein Respekt, das beste Essen je, meine Sinne waren noch nicht so wach. Ich danke Ihnen sehr, *une bonne nuit*. Es folgt ein noch innigerer Kuss, der zweite auf den Rücken der Hand. Ich bin Aba, hört sich Aba in Zerrüttung sagen, aber ich habe doch gar nichts getan, ruft sie dem alten Mann hinterher. Er dreht sich noch einmal um, Aba, ist das wirklich ihr Name? Ein nächstes Mal, bei unserer nächsten Begegnung erzählen sie mir vielleicht Ihre Geschichte, ich freue mich schon darauf. *Encore une bonne nuit*, ein Stern für sie, und er haucht ihr nochmals einen Kuss entgegen, einen lachenden Kuss.

Es runzelt dem *Maître* die Stirn schon wieder. Aba ist abgereist, am Sonntagmorgen früh, ohne SPA, ohne das kleine Frühstück. Schlimmer noch, sie hat aufgekündigt, es gibt keine Reservation mehr, nicht dauerhaft, nicht eine einzige bleibt bestehen. Aba wird nicht mehr ins *Grand Hôtel* zurückkehren. Nach weissen, üppigen Augenbrauen habe sie gefragt und geforscht, nichts dergleichen bekannt, meint die Réception zum *Maître*. Der zuckt nur mit den Schultern.

***

Agneta hat sich zwei Dinge zugelegt, den Vornamen aus Kinderzeiten und einen Hund. Letzterer ist schon der zweite, innert kurzer Zeit. Der Dalmatiner hält durch, im Gegensatz zum Vorgänger, der buchstäblich auf der Strecke blieb. Denn Agneta rennt. Und rennt, was das Zeug hält, kein Berg um die Stadt herum, kein Waldweg mehr, den sie nicht in- und auswendig kennt. Tempo Teufel, Donnerwetter! Sie diszipliniert sich noch eiserner als zuvor, auch zu schwerer Kost, hat an Zierlichkeit eingebüsst, zugunsten der Muskelkraft, Masse dank Anstrengung. Strenge zeigt sich auch im Gesicht. Gewaltig rumort da ein Ding im Bauch, eine haltlose Power, ob bös, ob gut, Agneta weiss es nicht, fühlt sich gejagt, will aber keinesfalls lockerlassen. Am Grab von Mamchen, in Jogging-Montur, hat sie losgeschrien, geschrien wie noch nie, geradeaus: Mamchen, weisst du, wie sich das anfühlt, täglich auf der Bank am Schaufenster, Nachmittag um Nachmittag, eingesperrt im Salon?

Agneta ist unzimperlich geworden. Die Salomé hat sie zum Hausarzt geschickt, womöglich könne auch der Psychologe helfen. Zu viele Pigmente, sowas gäbe es vielleicht gar nicht, das sei vermutlich nicht einmal krankhaft. Die Trudi lässt Agneta mit vollgespritzten Lippen herumlaufen – jeder Clown ein Dreck dagegen –, sollen die ungeküssten Molche nur aus ihren Löchern hervor und in den satten Mund kriechen. Und die Milva hat sie einfach sitzen lassen, in der Beauty-Liege, zweimal sogar, die Milva kommt nicht wieder. Solch schöne Augen benötigen sowieso keine Kunstwimpern. Man ertrinkt im Azurblau ohnehin schneller ohne Gartenzaun, vergucke sich in die Göre, wer immer ihr verfalle.

Im *Le Monde* organisieren jetzt Sous-Chefinnen den Tag, Agneta betreut lediglich ausgewählte Kundinnen, zwischendurch, besser so. Andere, neue Aufgaben: sie klebt und kleistert neuerdings, Peeling hier, Wickel da, dort eine Packung mit Hanfsamenöl. Im *arrière pièce* gehen die Buchhalter nicht mehr ein und aus, Agneta steht nicht mehr zur Verfügung, führt die Journale nun eigenhändig.

Abends spät sieht man Agneta am Küchentisch sitzen, gerade hat sie sich an den Pfannen ins Zeug gelegt, immer noch im Schwung des Dauerlaufs im Wald, hat den Hunger tüchtig gestillt, dann aufgeräumt in der Küche, und putzt nun weiter, am Tisch, im Motörchen. Drückt die alten Nachrichten endgültig weg, wie seit Wochen schon, liest unberührt den alten Firlefanz und killt die Plapperstränge, die keinen Anfang zu haben scheinen. Sie versteht sie kaum, die Verslein aus Salvatores Elektrorechnern, diesen virtuellen Rührwerken, die nur Brei erzeugen. Wenn sie die Botschaften liest, unter der ihr Name steht, fühlt sie sich durch den Wolf gedreht, was da steht sind zerfledderte und zermantschte Gedanken. Weg mit dem verseuchten Chat: *Delete, delete!* Wie hat sie nur auf Maschinen setzen können, die weder Herz noch Gefühl kennen, die nicht reden, sondern geistlos texten. Der Prinz war kein Prinz, der Retter kein Retter, denkt Agneta aufgebracht und voll aufkeimender Wut, sie wird den Salvatore zum Teufel jagen, er hat sie in die Irre geführt. Seine Werbe-Roboter haben sich totgelaufen!

Nur einmal bleibt Agneta im alten Chat hängen, irritiert. Sophie fragt, die gute Sophie, ob denn all das Zeugs wirklich von ihr komme. Aba, das bist doch nicht du? Aba hat Sophie sehr gemocht, die blinde Sophie, die sich auf sie gänzlich verliess, für ihre Gesangsauftritte, für ihr Gesicht vor Publikum, dezent aufgefrischt, vom Glänzen befreit. Agneta will Sophie schreiben, möchte Sophie erreichen, mit wahren Worten, aber es gelingt ihr nicht, die inneren Dämme lassen nichts durch, nur ein paar Tränen tropfen herunter, lamentabel aufs Motörchen, als kämen sie von einem Überlauf. Aba schmiert sie weg vom Schirmchen und denkt, das muss alles aufhören, ich muss der Sache ein Ende setzen.

Was sie noch nicht weiss: Das Ende kommt, wundersam wie von selbst. Wie im Märchen eben, wo es stets heisst: Und wenn sie nicht gestorben sind, dann..., ja dann geht es ewig weiter. Wenn, wenn! Denn nicht einmal das Märchen kann ausschliessen, dass ein Schlusspunkt kommt. Für einmal ist der Vorbehalt tatsächlich eingetreten: Der einstige Retter ist kein Retter mehr, er fiel, gute fünfzig Meter über die Felsen in die Tiefe. Ein abruptes Ende, armer Salvatore, mausetot, in seinen besten Jahren. So verendet doch kein Prinz!

Auf einer ihrer Jogging-Touren ist Agneta unerwartet auf ihn gestossen, beim Aussichtspavillon über der Stadt. Schon von weitem sieht sie ihn stehen am Geländer über der Felswand und läuft auf seinen Rücken zu. Er scheint sie nicht zu hören, wie auch, in seiner geistigen Abkapselung. Agneta blickt umher, vergewissert sich, mit Salvatore allein im Gelände zu sein und überlässt sich für einen Moment einem Affekt, den sie so nicht kennt. Übermächtig wallt sich ein Impuls in ihr hoch, ein teuflischer, einer, der auf den Abgrund zielt.

Einzigartig die Gelegenheit! Mit einem kleinen Schubs, einem kleinen Stoss ihrer Hand kann sie alles loswerden, all das Elend in ihr. Die Wut über Mamchen, die sie im Salon eingekerkert hatte und sie nicht über diesen hat hinauskommen lassen. Den Frust, dauernd zu suchen, in den vielen Gesichtern, nach Perfektion und Glück, und lange nicht gemerkt zu haben, wonach sie wirklich suchte, nämlich nach dem, was sie ausmachen könnte. Das Unglück, jetzt ohne irgendetwas dazustehen. Und zum Schluss der Ekel! Vor dem Prinzen, nach dem sie sich ewig verzehrt hatte und von dem sie sich verführen liess. Vor diesem Salvatore, der ihr die Kundschaft versaut hat, mit leblosen Sprüchen, die nirgendwo sonst münden konnten als in der grossen Leere. Jetzt also kann sie den unverdaulichen, steinernen Klumpen im Bauch loswerden, auf einen Schlag. Die Quelle des Bösen lässt sich tilgen, der Urheber allen Unrechts beseitigen, von einer Sekunde auf die andere: Gleich wird alles verschwunden sein, *disparu!* Es bedarf nur einer Bewegung. Agneta wird sie ausführen. Den Strich unter die Vergangenheit.

Plötzlich dreht sich Salvatore abrupt um und sieht die Heranstürzenden, Hund und Herrin: Aba, brüllt er, um Gottes Willen, Aba! Agneta bremst ihren Lauf, bleibt bockig stehen. Zu spät! Der zu Tode Erschrockene weicht verwirrt nach hinten ins Geländer, in das rostige, das laut scheppert und zerbricht. Er wankt, verliert den Halt und stürzt dem Abgrund zu. Reflexartig, gegen ihren Willen greift Agneta noch nach Salvatore, welcher ihren Arm jedoch nicht mehr erwischt und nur ungeschickt nach dem Motörchen schnappt, das Aba aus der Hand gefallen ist und von dem er sich vielleicht eine letzte Hilfe erhofft. Zu spät. Abas Ghost-Gratulierer schlägt am Fusse der Felsen auf. Auf seinen abgeknickten Kopf prallt dumpf das Motörchen.

Agneta lässt die Zeit verstreichen. Um Salvatores Tod kümmert sie sich nicht, die Polizei hat sie befragt, aber nicht belangt. Oft setzt sie sich nach den Ereignissen lange vor den Spiegel und nimmt endlich auf, Blick für Blick, was er ihr zurückwirft. Sie richtet ihre Fragen nicht mehr in die Leere, sondern an sich selbst, aber sie hat darin noch wenig Übung. Ihre neugierigen Augen – sie wagen es, sich als hellbraun zu erkennen – melden Lust auf Entdeckung an, haben sich zu mögen begonnen und haben einen Entschluss gefällt: Die langen, blonden Strähnen sollen fallen, schnipp, schnipp, zu Boden. Sie holt die Schere, das Übrige wird man im Salon besorgen. Was nachwächst, will sie nicht mehr färben.

Agneta, nun silbrig angegraut, fühlt sich gut. Sie hat sich im Hundeclub angemeldet. Da will sie hin, ohne das hochtoupierte Ding auf ihrem Kopf, passt irgendwie nicht mehr, die Banane.

Verzählung Nummer zwei

Himmel, du Hölle

Sal kennt keine Träume, nur im Schlaf da ist er immer im gleichen Traum. Er steigt durch den Turm, einen Ausbund von einem gigantischen, unfertigen Turm, er steigt hinauf, hinunter, über Leitern und Treppengerüste, von einer Kammer in die nächste, landet in Hallen und Gängen, auf Emporen und Balkonen. Das Labyrinth ist voller Betriebsamkeit, emsig wabert es an allen Ecken und Enden: Hundertschaften von Handwerksleuten, alle versunken in der Tiefe einer Beschäftigung, die sie sich selbst auferlegt haben, so macht es den Eindruck. Auch Sal hat mitgearbeitet, auf halber Höhe des monumentalen Bauwerkes, im alten Hebekran. Wie die Hamster haben er und mehrere Männer sich im riesigen Tretrad fortbewegt und mit jedem schweren Stoss ihrer Füsse auf die Planken dem Kran zur Zugkraft verholfen. Sal hat alles richtig gemacht, er weiss es, lief nicht zu schnell, nicht zu langsam, hat seinem Vordermann nie in die Schuhe getreten, fiel nie zurück auf den Hintermann. So sehr wollte er doch keine Fehler machen, endlich alles zum guten Ende bringen, einmal wird es ihm gelingen müssen! Aber man hat ihm schon wieder wilde Gesten zugeworfen, ihm vielleicht den Marsch geblasen, so schien es ihm, da war etwas, eine Reklamation, die er nicht verstand, er fiel aus dem Takt, er fiel aus dem Rad. Nie zuvor ist ihm dies passiert, er kann es sich nicht verzeihen.

Jetzt sucht Sal wieder eine Arbeit und klettert herum im Turmkonstrukt, das sich fortlaufend verändert, wie in diesen

Trugbildern, in denen Abwärtsstufen immer auch nach oben führen. Er irrt umher, nie hat er einen bereits begangenen Weg je wiedergefunden.

Den Traum vom Turm hat Sal immer dann, wenn der Arbeitgeber ihn plötzlich zu sich ruft, von den Zeiten spricht, die sich geändert haben und ihn ein weiteres Mal versetzt, von einem Job in den anderen. Knall auf Fall passiert das. So ist es üblich im Grossspital, dem er seit Jahren die Treue hält und das immer noch grösser wird, das immer Neues einverleibt. Zu den ganz Grossen will es gehören, nicht regional, nicht national, nein es will zuvorderst in die einschlägigen, sogenannten Rankings emporsteigen, in die Listen der Weltbesten, die im Internet um den Globus schwirren.

Knall auf Fall kommt häufig vor. Sal wird regelmässig versetzt, schwer verdauliche Ereignisse. Also träumt Sal seinen Turmtraum immer weiter fort.

Dabei wäre Sal ein guter Mitarbeiter, ein hervorragender Programmierer. Die Tools, die er erstellt und wartet, sollen funktionieren, jederzeit und in jedem Detail, dafür ist er da. Er will das Ziel in jedem Fall erreichen und restlos erfüllen, er bleibt dran wie kein Zweiter, Hindernisse beeindrucken ihn nicht. Aber man merke sich den Unterschied: Wo andere schwitzen, kämpfen und verzweifeln, folgt Sal nur der simplen Notwendigkeit, der man nicht ausweichen kann, er tut den einen Schritt, der sich just aus dem vorangehenden ergibt. Es ist, als vermehrten sich seine Kräfte wie die Wassermassen, die aus den Gletschern über Felsen und durch Gräben auf natürliche Weise dem Meer zustreben und mit jedem Zustrom nur mächtiger werden. Je vertrackter ein Problem daherkommt, je unwahrscheinlicher eine Lösung erscheint, umso angestachelter fühlt sich Sal, umso mehr entwickeln sich seine Energien, ergänzen sich sein Streben und seine Fertigkeiten, entpuppt sich zum Schluss seine Kunst, den Widerstand zu überwinden. Du bist wie das Salz in den Speisen, Salvatore, ohne dich schlagen die Rezepte fehl, hat sein bester Chef einmal zu ihm gesagt, ich nenn dich jetzt Sal, das ist Latein wie Salvator, der Retter, auch. Sal für Salz, es ergibt doppelt Sinn, du bist nämlich nie am Ende deines Lateins. Seither redet man ihn einfach mit Sal an – die meisten sprechen es eingeenglischt aus, mit «ä» – er ist der Säl, der mit allen Wassern Gewaschene, einer, der taugt, für die scheinbar ausweglosen Notlagen und gegen die Programmausfälle, die so gerne ins Bedrohliche wachsen. Sal hängt sich hinein, unermüdlich, unterbruchlos, bis er den Fehler behoben, bis er die verkorkste Situation deblockiert hat. Wahrlich ein hartgesottener Informatiker, würden die anderen sagen.

Keine zwei Jahre sind ins Land gegangen und schon wieder hat das Grossspital die Informatik auf den Kopf gestellt. Den einen Chef hat man spediert, er war nur ein Phantom, ungreifbar. Der nächste, ein Platzhalter, kam schon abgehalftert und schlug in Kürze so viel Schaum, dass der Überblick gänzlich verloren ging. Man rieb sich die Augen. Jetzt hat man einen von der Sorte mit den grossen Visionen geholt, einen, der an die eierlegenden Wollmilchsäue glaubt, der im Rollkragenpulli wie die Apple Manager voll inspiriert an den Tagungen auf der Bühne herumturnt, und Tagungen gibt es, weiss Gott, unzählige.

Die dunklen Wolken über dem Grossspital wollen sich nicht verziehen, die Besorgnis schlägt den Managern tief in die Mägen, sie suchen den Gastroenterologen im eigenen Hause auf, der zumindest hat Klasse. Klasse aber haben auch die Hacker, sie dringen bis weit in die Innereien der vielen Rechnermonster des Grossspitals vor, die weiterum im

Land stehen, outgesourct, also von Dritten betrieben, die hoffentlich verstehen, wie man die Geräte unter Kontrolle hält. Bis jetzt konnte man die bösen Angreifer stoppen, gerade rechtzeitig noch. Man rüstet auf, kauft Rechner dazu mit Programmen, die andere Rechner überwachen. Programme gibt es viele, Aberhunderte, immer mehr, ein Inventar lässt sich nicht mehr erstellen. Wen wunderts, dass eine Software die andere beisst, dass sie einander ins Gehege kommen, wenn die Hersteller sie erweitern, im pausenlosen Turnus, um sie beständiger und sicher zu machen, wie sie behaupten.

Die Ärztinnen, die Pfleger und die Therapierenden leiden unter dem Wildwuchs in der Informatik, sie kümmern sich nicht mehr nur um die unzähligen Patienten, als wäre dies nicht schon genug, nein, sie ringen jetzt auch selbst um eine stabile Technik, schlagen sich herum mit überhitzten Akkus, welche die Computer verbiegen, kapitulieren vor erstarrten Bildschirmen, auf denen sich nichts mehr tut und die den Neustart des Gerätes nötig machen. Zigfach am Tag: Herunterfahren, Hochfahren, wieder fünf Minuten weg, wieder weniger Zeit für die Behandlung! Die Teams in den Kliniken kämpfen mit verhockter Software, die sich verabschiedet, im dümmsten Moment, manchmal für zwei Stunden, manchmal auch für länger, bis sich die Computersysteme endlich herunterkühlen und wieder laufen, so es diesen denn passt. Ungeduldig also warten die Teams, bis die Verstopfung in den Netzen endet, bis die Rechnermühlen wieder Schwung finden, Ausharren gehört jetzt zur Tagesordnung. Die Hilfe, dutzendfach angefordert, ist schon längst versiegt, die vielen Störungsmeldungen lösen sich auf, bündeln sich in das, was sich noch ein einziges Sammelticket nennt und sowieso das Problem postwendend für behoben erklärt, aus dem Nichts, als sei gerade ein Mirakel geschehen! Mit etwas Glück wird sich der User an der Nase herumführen lassen und keine Kraft mehr finden, ein neues Ticket zu eröffnen. Der Missstand bleibt weiterhin und noch lange ungelöst, vorne an der Arbeitsfront, die stets mühseliger wird.

Es ist schlimm für Sal, das Allerschlimmste, was passieren kann, ist eingetreten, er wird damit nicht fertig. Er war so nahe dran und hätte seine Arbeiten im Projekt in wenigen Wochen vollenden können. Die letzten Software-Tests in Kürze fertig, die hartnäckigen Mängel beinahe ausgemerzt, bald hätte es die Freigabe für die Nutzer gegeben. Es ging um die Früherkennung von Überwässerung in Körper und Lunge, die Patienten hätten ihre Messungen im Alltag ausserhalb des Spitals übers Internet machen und die Daten einsenden können, es ging um nichts Geringeres als Telemedizin. Gefleht hatte er, hochanständig, aber hartnäckig insistiert, er sei auf der Zielgerade, im Schlussspurt, nahe an den Früchten langer Arbeitsnächte, man gebe ihm nur noch kurze Zeit, er könne der neuen Dienstleistung nächstens zum Durchbruch verhelfen. Sein Instinkt täusche sich nie, den Beweis habe er doch schon so oft erbracht. Bitte, bitte, man möge mit seiner Versetzung zuwarten, ein paar Wochen nur!

Es brauche ihn andernorts jetzt dringlicher, der Wechsel sei nicht aufzuschieben, meint ein provisorischer Chef, der noch nie vor ihm sass, Sal gehöre jetzt ohnehin in ein anderes Team, bei den Schnittstellen – so heisst die neue Truppe, die das Software-Flickwerk zusammenzuschweissen versucht – werde er gut aufgehoben sein, und, ach ja, Telemedizin schreite eh weit zögerlicher vorwärts, als man erwartet habe, man müsse die Dinge etwas zurückstellen. So oder so: man hätte ihn in jedem Fall versetzen müssen.

Des nachts ist Sal jetzt wieder im Turm, in diesem Turm, wie ihn eine der vielen abgegriffenen Kunstkarten über seinem Home-Office-Pult zeigt. Seine Mamma liebt die alten Maler, den Johann Georg Platzer, den Benjamin West, den Pieter Bruegel und viele mehr. Hundertfach hat sie dem kleinen Buben abends auf der Bettkante die Dramen aus der Bibel zum Leben erweckt, jeweils mit einem Abzug des antiken Gemäldes in der Hand, das die Ereignisse zeigte, die irdischen und auch die überirdischen.

Von Samson war die Rede, seinem langen Haar, das ihm übermenschliche Kraft gab und ihn unbesiegbar machte, bis ihm seine Geliebte mit viel List das Geheimnis seiner Stärke entlockte und seinen Widersachern verriet. Diese nahmen ihn gefangen, schoren ihm den Kopf, glaubten, dass mit dem einmaligen Abschneiden des magischen Haares der übermächtige Samson alle Kraft verloren hätte, und fesselten ihn an die Säulen eines Tempels. Und dann schilderte Mamma mit bebender, stockender Stimme, wie Samson das Haar nachwuchs, wie ihm die dunkle Mähne unerwartet ein zweites Mal die alte Grösse verlieh und er den Tempel mit den eigenen Armen einriss, um seine Feinde in den Tod mitzunehmen.

Da gab es auch das Bild von Lots Frau, die nicht einmal einen Namen besitzt und wider Willen aus Sodom und Gomorra die Flucht antreten musste, aus ihrer Heimat, die sie so sehr liebte. Vom Himmel fiel Feuer und Schwefel auf die Städte, eine Strafe Gottes für ein Zuviel an Gottlosigkeit. Aber das konnte Lots Frau nicht verstehen, sie sehnte sich bitterlich zurück, nach ihren Freunden, die vielleicht schon verbrannt waren, sie wollte kein neues Leben, nur ihr schwindendes wieder zurück. Wie liefen Mamma die Tränen über die Wangen, wenn sie von Lots Frau erzählte, die sich schliesslich auf der Flucht herumdrehte, um auf Sodom und Gomorra zurückzublicken. Sich umzudrehen aber hatten die Engel Gottes, die ihre Familie aus der Feuerhölle herausführten, bei Strafe verboten. Und so traf ein Blitz Lots Frau und liess sie zur Salzsäule erstarren.

Ausgerechnet zu Salz, denkt sich Sal, wenn er die Reproduktion des Gemäldes an der Wand über seinem Schreibtisch sieht und sich an die Geschichte erinnert, er stellt sich vor, Lots Frau habe sich zu Tode geweint und so in ihr Tränensalz verwandelt. Es fällt ihm ein, was sein bester Chef zu ihm gesagt hat: Du bist das Salz, Sal wie Salz.

Mitten in den Kunstkarten, auf Sals Augenhöhe, hängt auch das kolossale Bauwerk. Das Unvollendete, das angeblich Unvollendbare, das in den Himmel reicht, über die Wolken hinaus. Ein Bruegel. Grosser Turmbau zu Babel. Kein Monument wird je höher sein, kein Vorhaben je ehrgeiziger. Sal ist überzeugt, hat nie eine Sekunde gezweifelt, es wird ein Weg zu finden sein, der Turm wird sich fertig bauen lassen, man wird ihn in seine perfekte Form bringen können. Noch immer hat es eine Lösung gegeben. Auch dem Samson sind die langen Haare wieder gewachsen, auch der Samson hat seine Kraft wiedergefunden. Nur für Lots Frau hat er noch keine Lösung. Er weiss nicht, wie sich die Verdorrte entstarren lässt, aus ihrem Trennungsschock und der Salzkruste der vielen Abschiedstränen.

Im Turm hat Sal eine neue Arbeit gefunden. Er schleppt jetzt Holzelemente herbei, für die Stützgerüste, die es beim Aufbau der Steinbögen, Pforten und Böden braucht. Keiner muss ihm Anweisungen geben. Mit Leichtigkeit, aus dem Kopf heraus berechnet Sal, welche Formen es braucht. Länge, Dicke, Beschaffenheit, blitzartig weiss er, was passen wird, und zwar präzise. Die Balken und Bretter sind schwer und sperrig, sie lassen sich nur gemeinsam hochtragen, manchmal geht das Anheben zu zweit, meistens braucht es mehr, drei, vier Kollegen mindestens. Aber wie immer sie die Aufgabe anpacken, es ist wie verhext, es ist nicht zu bewerkstelligen: Sie kriegen ihre Transporte nicht hin, sie finden die Worte nicht, nicht die Worte für die anderen, sie können sich nicht einigen, nicht auf die Wahl der Hölzer, nicht auf den Weg über die Stiegen und schon gar nicht auf den Ort im Turm, wo die Hölzer zum Einsatz kämen. Sal beschwört die anderen Träger, in jeder Sprache, die je in ihm hängenblieb, er zerrt an den Bauteilen, er legt ab, nimmt die Plätze der anderen ein, um ihnen die Hebevorgänge vorzuexerzieren, kehrt zurück, greift sein Ende wieder auf und winkt sie alle in seine Richtung. Indes, noch jeder Balken ist steckengeblieben, noch jeder Kollege ist ihm davongelaufen. Am Stamm, den Sal zuletzt in die Hände nimmt, zieht er so sehr, dass er ihm entgleitet und in seine Gruppe donnert. Des Gleichgewichts beraubt stürzt er in einen tiefen Schacht, in die Dunkelheit ohne Ende: Der Träumer fällt aus dem Schlaf. Der viele Schweiss rinnt in seinen Mund, in selten salziger Art.

    Die Nächte setzen Sal zu. Das entgeht auch seinen Kollegen nicht, wenn er ab und an das Home-Office verlässt und im Büro am Rande des Campus vom Grossspital auftaucht. Noch bleicher als üblich sieht er aus, nicht mehr ganz so wohlgenährt und stämmig kommt er daher, als geriete seine Unumstösslichkeit vielleicht doch ins Wanken, als nähme die Verlorenheit in ihm bald Überhand. Ein eigenartiger Mix fasziniert sie alle an Sal, da haust rohe Gewalt in geschmeidigen und flauschigen Rundungen des Körpers, da sprechen sowohl Angst wie Ergebenheit aus den grossen, dunklen Augen, die starr blicken oder nervös herumirren, und da bindet Strenge das lange, schwarze Haar in den *Pony Tail*. Im Gesamteindruck überwiegt der Schnuckeleffekt, der schüchterne Sal, der die Beschützerinstinkte weckt. Reihenweise kreuzt das Mitleid an seinem Pult auf, alles liebe Kolleginnen und Kollegen, die einen fürsorglich und mütterlich, die anderen freundschaftlich und selten einmal amourös angetan.

Auch Dr. Oetker hat Mitgefühl. Sie hat Sal schon lange im Blick, über die Gasse, von Gebäude zu Gebäude, Fenster zu Fenster, sieht ihn an den langen Abenden gebeugt am Bildschirm, fühlt sich genauso einsam und deshalb mit ihm verbunden. Er eifert und opfert sich doch für das unfassbar Grosse wie sie: Die Dinge müssen hart erarbeitet werden, sie wollen nicht vom Himmel fallen.

Zuweilen besucht Dr. Oetker ihn, neuerdings immer öfter, springt über die Gasse, bringt ihm Proviant, selbstgebackene Durchhaltekost und räumt die Resten vom letzten Mal gleich weg, die sie mitnimmt und andächtig selbst noch gänzlich verspeist. Wenn sie vorbeischaut, weicht Sal ihr aus, bleibt einsilbig, wiederholt lauthals die Code-Zeilen am Bildschirm, als ob jede Ablenkung gleich zum Programmabsturz führen würde. Sie erträgt das stoisch, schweigt geflissentlich, steht bei wie am Krankenbett, und weiss, dass gut Ding Weile haben will. Mit der Zeit wird Sal sich ihr schon öffnen, ihre Zuneigung nicht mehr abwehren.

Unangenehm sind diese Aufwartungen für Sal, aber noch unangenehmer ist, dass die Kollegen alles mitkriegen. Sie sehen die Verehrerin am gegenüberliegenden Fenster stehen, wie sie immer öfter ihren Sal beobachtet. Wenn sie herüberkommt, hereinplatzt und umherhüpft, dann schwabbeln ihr Doppelkinn und andere Körperregionen lange nach. Wie wackelnder Pudding sieht es aus, der vier

Stockwerke tiefer im Coop zu kaufen ist und die Marke *Dr. Oetker* trägt. Also mutierte die Direktorin Oettli, wie sie in Wahrheit heisst, die Chefin mehrerer Tausendschaften von Pflegefachleuten, kurzum zu Dr. Oetker. Einer fand es lustig, der Übername blieb hängen.

Die Kollegen können es nicht lassen, gemein wie sie sich geben. Sie fragen Sal, bevor sie nach Hause gehen, ob er noch lange machen will und ob sie ihm etwas Pudding holen sollen, die Abendarbeit werde doch gleich etwas lustvoller.

Sal hat genug, er hat sich entschlossen nach der Turmspitze zu suchen. Zum Schluss muss doch alles Streben einen Sinn ergeben, oder nicht? Man hat ihm angedeutet, dass seinem neuen Projekt, kaum lanciert, bereits die Sistierung drohe, eine gemeinsame Führung von Krankenakten werde nicht entstehen, die anderen Spitäler seien ausgeschert, der Patient werde nicht alles aus einer Hand kriegen und schon gar nicht an der Hand genommen. Keine durchgängige Hilfe, von einem Arzt zum anderen, kein integrierter Patientenpfad, wie das so schön heisst. Also auch keine Schnittstellen. Das sei eben schwierig, in diesem kleinen, zerstückelten Land. Aber, bleib mal dran, vielleicht kuriert sich die Sache noch selbst aus.

Das tut Sal denn auch, er bleibt dran, unermüdlich, versucht in den Nächten immer höher zu steigen, den Wolken zu, in den Himmel hinauf. Die Treppen, sie enden im Nichts oder an Türen, hinter denen es wieder abwärts geht. Er läuft im Kreis herum, er findet sich in tieferen Stockwerken wieder. Die Hilfe, die er sich erfragt, ist unverständlich, die Antwort ist vielleicht auch nur eine Bitte um Hilfe. Wenn er mit der Hand nach oben zeigt, zuckt man mit den Schultern, hilflos eben. Sal mag diese Traumschlaufe nicht, sie treibt ihn noch tiefer in den Wahn.

Einmal hat er sich hingesetzt, in einer Vorhalle, in die alle Wege zurückgeführt haben, um angestrengt nachzudenken, um endlich die Quadratur des Kreises zu finden. Da sitzt er versunken und wird angerempelt, von einem, der ihm Kartonrohre an den Kopf schmeisst, ihn wirsch anschnauzt und ihm bedeutet, mitzukommen. Aber nicht ohne die Rohre, du Idiot, will sein Brüllen wohl sagen. Sal folgt ihm und dem eigenen Instinkt, durch versteckte Türen, springt ihm über halbfertige Mauern nach, ungelenk, mit all den Rohren, die er dem Fremden hinterher zu schleppen versucht. Schliesslich steigen sie eine Wendeltreppe hoch, siebenmal um die eigene Achse, treten aus einer Tür und siehe da: das obere Ende des Turmes, ein flaches Dach über den Wolken. Aus ihm ragt ein Stangenwald, lange Eisenspiesse, der Turm will weiterwachsen, über den Himmel hinaus.

Im Himmel jedoch tobt der Tumult, Sal kann es nicht fassen. Lauter Männer, wie Befehlshaber, in Dutzendschaften, gehen aufeinander los, reissen einander die Pläne aus den Händen, die sie aus den Rohren ziehen, und ziehen die Rohre den anderen über die Köpfe. Gruppen formieren sich, bekriegen sich, treiben die Gegner an den Rand des Bauwerkes. Manch einer fällt hin, findet keinen Halt mehr und stürzt in den Abgrund.

Sal versucht noch, sich die Pläne zu schnappen, wenigstens ein paar davon. Sie mögen von unschätzbarem Wert sein. Man wird sie doch vereinen können, man wird doch alles unter einen Hut bringen. Aber auch Sal kriegt ein Rohr ab, spürt noch kurz, wie ihm einer die Kartonwaffe in den Magen bolzt, fällt nach hinten, in die Leere, aus dem Himmel, aus dem Turm und aus dem Bett.

***

Mamma ist erstarrt. Sie hat sich noch einmal erlaubt, zurückzublicken, nur einmal noch, auf ihr altes junges Leben, weit jenseits der Alpen am Mittelmeer, auf ihr pralles Leben am Fusse des Vulkans, das sie vor langer Zeit wider Willen aufgegeben hat. Die Sehnsucht hat sie noch einmal überwältigt, in fataler Wucht. Da im Süden war Feuer und Flamme, war Würze, war die Schärfe, die das Leben erweckt. Sie hat diesen Geschmack nie wieder gefunden.

Sal hat nur kurz weggeschaut, Mamma auch, nach hinten auf die Ahnenfotos in Schwarzweiss an der Stubenwand. Als er sich wieder zu ihr dreht, sieht er, wie sie verharrt und erstarrt, auf dem Sofa in ihrem Blick zurück. Er erschrickt gewaltig: Mamma ist von ihm gegangen, hat sich der Verzehrung hingegeben, hat ihren einzigen Sohn zurückgelassen im schäbigen Eisenbahnerhäuschen, mutterseelenallein im Seestädtchen am Fuss des Jura, der Bergkette.

Knall auf Fall macht Sal zu schaffen, wir wissen es. Wie soll er mit den Sandkastenspielen seiner Chefs klarkommen, er, der tiefe Wurzeln braucht? Ein Berufsleben auf Treibsand, ständiges Untergehen, Sal ist am Limit. Aber Mammas kalter Tod, auch Knall auf Fall, ist der GAU, er bringt das Fass zum Überlaufen. Sowas kriegt Sal nicht mehr auf die Reihe.

Dem Feuer hat er Mamma endgültig hingegeben, hat ihre Asche am Fusse des Vulkans verteilt, wie ein Häufchen Salz in offene Wunden. Was hätte er sonst tun sollen?

Der Rest läuft endgültig aus dem Ruder. Sal weiss nicht mehr, wann er seine Medikamente nimmt, die ihn in der Schwebe halten. Die Erinnerung fehlt, die Tabletten und Kapseln liegen verstreut herum. Im Eisenbahnerhäuschen hält Chaos Einzug, überall macht sich Vernachlässigung breit.

Mamma kocht nicht mehr, Mamma führt den Haushalt nicht mehr, Mamma hält die Welt im Innern nicht mehr zusammen.

Dr. Oetker macht sich grosse Sorgen. Man hat sie gerufen, denn Sal verkriecht sich jetzt unters Pult, mitten in der Arbeit verschwindet er, in alle möglichen Verstecke. Wenns sehr schlimm wird, muss man den Verstörten aus der Toilette holen, wo er sich einschliesst und nur mit viel Zureden herauszuholen ist. Von Angriffen erzählt er dann, in plötzlicher Erregung, von Kämpfen und Niedergängen, wie nachts im Turmtraum, keiner kann ihm folgen. Als hätten sich die Programme, an denen Sal arbeitet, gegen ihn aufgelehnt und die Zügel selbst in die Hand genommen, als würden ihm seine eigenen Befehle trotzen und wie die Zauberlehrlinge verbotene Wege gehen, als widerstände ihm eine böse, geharnischte Welt im Computer drin und mache seine Arbeit über Nacht ratzeputz rückgängig, so tönt und wirkt der arme Sal. Er ist nicht zu beruhigen.

Dr. Oetker jedoch hat zügig Klarheit erlangt: Sal braucht wieder Sicherheit, wieder ein behütetes Leben, wie zu Mammas Zeiten. Ihre Stunde also hat geschlagen, das Notwendige lässt sich mit der Erfüllung ihrer alten Sehnsucht verbinden. Dr. Oettker breitet die Fittiche aus, unter die Sal schlüpfen soll: Warum nicht an Mammas Stelle treten, warum nicht Mammas Lücke füllen, die sich gerade günstig anbietet? Obendrauf endlich das eigene innere Loch stopfen!

Ein Drucker, der seinen Dienst versagt und keinen Wank mehr tut, soll der Köder sein. Es sei ihr eigenes, privates Gerät, erklärt Dr. Oetker, sie arbeite eben oft auch noch von zu Hause aus, er werde das Problem mit Sicherheit beheben können. Sal sträubt sich intuitiv gegen den Lockvogel, er verweist auf Youtube-Filmchen, die stets helfen würden, bringt aber am Ende kein Nein zustande, weil Neinsagen liegt ihm nicht, er gibt nach und findet sich eines Abends in Dr. Oetkers Wohnung vor.

Der alte Drucker aus dem Estrich steht schon präpariert im Heimbüro, das auch als Schlafzimmer dient. Dr. Oetker weiss, die Treibersoftware wird heillos veraltet sein, nichts wird auf Anhieb funktionieren. Sal macht sich an die Arbeit, installiert, hantiert mit Kabeln, testet, vergräbt sich in die Dinge hinter dem Bildschirm und merkt lange nicht, wie Dr. Oetker um ihn schleicht. Er sei ja ganz verspannt, wie er da so sitze, meint sie und greift ihm in die Schultern. Die Schultern möchten entfliehen, leisten ironischerweise mit ihrem Winden einen guten Beitrag ans oetkersche Massagewerk, aber bleiben an Ort und Stelle und gehorchen ihrem Besitzer. Der nämlich muss der Logik am Bildschirm gehorchen, die sich gerade unausweichlich entfaltet, es gibt kein Entweichen. Leise säuselt Dr. Oetkers Stimme im Hintergrund, man brauche in schwierigen Zeiten doch jemand, der zu einem schaue, man brauche Halt, diesen Halt gebe es kaum aus sich selbst heraus und man müsse Abschied nehmen können, vom Alten, von den Herzensmenschen, welche eben nicht auf immer und ewig bei einem blieben, man müsse sich dem Neuen öffnen, es folge immer etwas Neues, es sei vielleicht schon da, man könne sich zum Schluss doch nicht der Verwahrlosung anheimgeben. Dr. Oetkers Hände befreien den Pony Tail, befreien Sals langes, kräftiges Haar, diese Samson-Strähnen, die jetzt über die zerkneteten Schultern herunterwallen und sie ganz bedecken. Sal kriegt es mit einer Heidenangst zu tun, auch diese Delila, Samsons Angetraute, ging ihrem Gatten doch ans Haar, hat ihn seiner Geheimnisse und schliesslich aller Kraft, allen Seins beraubt.

Dr. Oetker lenkt ihn ab, lässt ihn nicht Remedur gewähren, lässt ihn nicht seiner Bestimmung folgen. Dr. Oetker wird ihm seine Unbesiegbarkeit nehmen. Da! Schon hat er den Beweis: Ihr Kuss brennt ihm im Nacken, klebt an ihm wie ein aufgepfropfter Saugnapf, der ihm den Saft entzieht. Das Brandmal tut seine Wirkung, der Schmerz schiesst in Sals Gehirn und spaltet – welch Sakrileg! – wie ein Keil die Algorithmen mitten im Lösen des Druckerstaus.

Die Erleuchtung ist gross. Der Abort des Gerätestarts schafft Raum, viel, sehr viel Raum für neue Gedanken. Wie vom Blitz getroffen hat Sal Gewissheit gefunden, eine Gewissheit unerschütterlichen Ausmasses, er wird Mamma nicht ersetzen, nichts kann Mamma ersetzen, dieses Fundament, auf das er sein Leben bauen konnte, diese Existenzbedingung, die conditio sine qua non, Basislatein halt. Eine Delila wird es in seinem Leben nicht geben, keine Dr. Oetker, nicht die Frau an seiner Seite, es wird keine Einmischung in seinen Kräftehaushalt geben, keinen Stau seiner Gletscherwasser, die naturgemäss über Felsen und durch Gräben dem Ozean zuströmen, diesem Grossen und Ganzen. Denn das war Mammas alleinige Kunst. Sie war zugegen, unablässig, Sals Halt und Fassung, für ihn, den Eingekapselten, aber sie hat sich nicht eingemischt, sie hat diese Kapsel zu respektieren gewusst, Mammas Weisheit. Wie sie jetzt schlagartig in Sal hineinbricht!

Und Sal bricht auf, explodiert, entledigt sich der Dr. Oetker, es braucht samsonsche Energie – sein langes Haar ist ja entfesselt! –, er holt zum Akt der Urkraft aus, um sich der oetkerschen Tentakel zu erwehren, die jetzt weltmeisterlich nachwabbeln, im Rückzug und Sturz aufs Ehebett *in spe*, das immer noch und nun weiterhin jungfräuliche. Sal ist befreit, er flieht.

Auch nachts eine letzte Flucht. Sal träumt noch einmal vom Turm, ein allerletztes Mal, wie er die Baugerüste sabotiert, in üblicher Konsequenz, wie er Leitungen zersägt, wie er Sprengstoff und eine Flammenhölle legt. Sal hat genug vom Turm, genug von all den Versetzungen, genug davon, dass man ihn nicht vollenden lässt, was nur in der Vollendung einen Sinn findet. Er ist der Krebsgeschwüre überdrüssig, dieser Wuchergebilde des Ehrgeizes, die sich selbst zerstören, die das Himmelsversprechen entgegen ihrer Beteuerung nie erfüllen wollten, die sich als Projektionen anstelle von Projekten erweisen, als schmerzlich illusorische.

Der Turm steht in Flammen, lichterloh. Sal wusste von Anfang an, dass dieser eine Anlauf hundertprozentig gelingen wird, zum allerersten Mal. Endlich die Vollendung. Er braucht sich nicht umzudrehen, nicht wie Lots Frau, er muss sich nicht vergewissern, es gibt auch keine Nostalgie alter Turmzeiten. Er wird nach vorne schreiten, Mamma folgen, er wird ihr treu bleiben, er wird die Irrwege hinter sich lassen.

***

Salvatore trägt jetzt kurzes Haar, er lässt sich auch wieder mit vollem Vornamen anreden. Fertig mit Salz in der Suppe. Aba hat ihm die Haare geschnitten, in ihrem Salon, dem «Le Monde Cosmétique» in der Nachbarstadt. Das tut sie zwar dort normalerweise nicht, aber da er ihre Software betreut, so nebenbei, hat sie ihm den Wunsch erfüllt, einmal spätabends, nach der Computerarbeit, auch so nebenbei. Sie hat sein Haar stets bewundert – diese Fülle, dieser mineralische, urwüchsige Duft – sie hat es gern berührt, jedesmal, wenn sie ihm ausgeholfen hat, dem Mann ohne Frau, aber nicht ohne Bedürfnisse. Weil das immer nur kurz ging, hat sie sich zum Schneiden überreden lassen: Endlich durfte sie richtig zugreifen, den Samt der Locken erfühlen, sich ausgedehnt dem schönen, sinnlichen Haar und seinem betörenden Duft hingeben.

Es ist alles erledigt. Salvatore hört Mamma reden und folgt ihren Anweisungen, wie vormals. Er nimmt die Medikamente wieder, er hat sich einen Schlussvorrat beschafft. Im Grossspital sind die Pendenzen à jour, die Chefs sind froh, dass sich die Angstattacken gelegt haben, die Kollegen fragen sich, ob ihr Ausbleiben mit Dr. Oetker zusammenhängt, deren Besuche jetzt auch ausbleiben. Selbst im Eisenbahnerhäuschen ist die Ordnung zurück, pikfein, nach dem grossen Ausmisten. Alles ist bereit für den Schlusspunkt, das abgeschnittene Haar liegt im Umschlag auf Mammas Bett. Einen Gefallen tut er sich noch, einmal noch will er hochsteigen zum Pavillon über dem See, einmal noch den Weitblick geniessen, über die silbrige Fläche, bis in den fernen Alpenkranz. So, wie sie das immer taten, jedes Wochenende, Mamma und er.

Dass Mamma ihm helfen würde, hätte er nicht gedacht. Da stand er noch einmal am Geländer über der Felswand, gedankenversunken, von allem losgelöst. Wie aus dem Nichts nimmt er plötzlich Mamma wahr, neben ihm, und ebenso plötzlich hinter ihm scheinbar ein Gefecht, markdurchringendes Hundegebell. Salvatore erschrickt wie nie zuvor, schnellt herum, weicht dabei zurück und fühlt, wie ihn etwas in den Abgrund zieht, unwiederbringlich. Im Todesschreck spürt er noch eine besondere Süsse, ein perfektes, nie dagewesenes Glück, nur sekundenlang. Er hat sich nicht selbst zum Vollstrecker werden müssen, Mamma hat ihn an die Hand genommen, zu sich und ist Aba zuvorgekommen, Aba und ihrem Hund. Warum sich die beiden just am Pavillon befanden, fragt noch ein Gedankensplitter in Salvatore, und warum die beiden Anstalten machten, ihn herunterzustossen, ihm damit sogar im ersehnten Tod zu helfen, aber Sal braucht keine Antworten mehr. Es genügt, der immer gleiche Traum hat sein Ende.

Verzählung Nummer drei

Feuer im Blut

Den Glauben an die Liebe hat Tilda Oettli endgültig verloren, geblieben ist ihr nur ihr Stolz, ein verletzter allerdings. Tilda aber bleibt eine starke Frau, so will sie es.

Die Liebe im Hier und Jetzt soll es nicht geben, nicht für Tilda, das hat sie endlich akzeptiert. Ihre amourösen Avancen werden nicht verstanden. Genug der Rückweisungen also, ein für alle Mal, die letzte war besonders schlimm. Den Erwählten hat sie so sehr in die Enge getrieben, dass er gleich aus dem Leben schied, ein mysteriöser Tod, vielleicht ihretwegen. Immerhin. Armer Salvatore.

Nun tut Tilda, was sie immer tut, sie gibt sich der Arbeit hin, mehr noch, sie geht förmlich in ihren Aufgaben auf, lebt nur noch für das Grossspital, in dem sie die Hauptverantwortung mitträgt. Da steht sie an der Spitze eines Fussvolkes, das sich nicht überblicken lässt, so gross ist es. «Wir wenden allerhöchste Standards an», liest man im sogenannten Leitbild der Unternehmung, das sie überzeugt mitverfasst hat.

Also verschreibt sich Tilda den hehren Zielen, packt an, wo sie kann, und tut alles, um die Fallhöhe zu verringern, die zwischen besagtem Leitbild und dem nicht halb so hehren, niederen Alltag besteht. Unter der Fallhöhe aber eröffnet sich ein gefährlicher Abgrund: Tilda kämpft gegen immer neue Leerläufe im Betrieb, welche die Belegschaft verwirren und die Kräfte nur so verpuffen lassen. Was lässt sich denn gegen das Bodenlose tun? Sie weiss es nicht und mobilisiert weiter alle Energie, die sie in sich findet. Die Kluft wird sich doch irgendwie schliessen lassen!

Heute sitzt sie in der Baukommission, wie so oft, seit Stunden schon, ertrinkt in der Flut der Traktanden, die einen redseligen Antragsteller nach dem anderen in den Saal spült, sie kämpft sich gleichzeitig durch die Mails, die auch Welle um Welle über sie hereinbrechen. Pausen gibt es keine, selbst die feste Verpflegung ist Teil des Multitaskings, *Desk lunch* heisst die Sache unappetitlich, aber natürlich weltgewandt. Alles stopft man gleichzeitig in sich rein, eins nach dem anderen, das war einmal.

Gefrässig geht es auch auf den Arealen des Grossspitals zu und her, die Neubauten wachsen dicht an dicht aus den Gruben hoch, aus hungrigen Schlünden, die man mithilfe von Kranen speist, Lastwagenkolonnen karren das Futter her, über die ebenso verstopften Strassen. Die teuersten Monumente weit und breit sollen das Licht einer gewaltigen Welt erblicken.

Aber die Kommission tut sich schwer, der Hunger ist nicht zu stillen, die Kliniken wollen noch mehr Platz, die Chefärzte fordern das Nonplusultra im spitzentechnologischen Ausbau und streiten sich um die Filetstücke im Angebot. Hell und komfortabel sollen die Behandlungsräume und Zimmer werden, naturnah und froh die Ausstattung, die Behandlungsfabriken sollen den Patienten ein nie gekanntes Heil bringen: *Healing architecture* ist das Zauberwort der Stunde. Eher unheilvoll hingegen fällt das Gerangel hinter den Kulissen aus. Die Kommission kann es keinem recht tun, ständig verspricht sie die neuen Gebäudeflächen anderen

Bittstellern und sucht den Ausweg, auf dem sie keinem auf die Füsse treten will. Auch sie ist auf Ehrgeiz getrimmt.

Mitunter gehen Tilda die Kräfte aus, sie stösst als humane Ressource – so etikettiert der Betrieb die Angestellten – an ihre Grenzen, selbst wenn sie tüchtig nachlegen kann, wie die Heizer einstmals auf den Dampfschiffen, aus den Kohlekesseln. Tildas Reservoir ist gross – Respekt, Respekt! –, unerschöpflich indes ist es nicht. Jeder Vorrat muss mal aufgefüllt werden, Nachladen ist wieder angesagt und dazu greift Tilda auf das zurück, was ihr das Leben sonst versagt, wen wunderts: die Liebe, die grosse Liebe, die ganz grosse. Träumen darf man ja, denkt Tilda, vor allem, wenn es nützt. Sie bleibt unangefochten stark, sie bleibt selbstbewusst, aber sie gönnt sich einen Schub Romantik, ab und an. Und sie weiss, ihr Schwelgen ist masslos übertrieben, weitab vom Faktischen, aber es befeuert eben, es bringt das Dampfschiff wieder in Schuss.

Stan heisst ihr Feuer, ein Kosename, Tilda nennt ihn so, in aller Intimität und Heimlichkeit, denn auf den Konzertplakaten steht der lange Name: Konstantim Ovid. Er ist ihr Pianist – IHR grossgeschrieben, IHR Traumpianist, IHR Traummann. Und was für einer noch. Schon beim ersten Klavierkonzert verschlug es Tilda die Sprache, nicht die laute – wie auch im Konzert? – nein, es geriet das stille Räderwerk ihrer Gedanken ins Stocken, es fielen die Rädchen ihrer Regungen komplett aus der Verzahnung, als sie ihn spielen sah. Wobei, Spielen trifft es nicht, es ist das falsche Wort, Stan gibt *Performances*, mehr noch, er sorgt für höchste Bühnenkunst. Seine Erscheinung: ein Ringer, eine Fluh von einem Menschen hoch über der Tastatur, unerklärlich, wie die Pranken überhaupt derart flink in die Tasten finden, wie der Konzertflügel entgegenhalten kann angesichts solch brachialer Bedrohung. Da muss ein filigran besaitetes Möbel doch Reissaus nehmen, um nicht als Kleinholz zu enden!

Tilda kann sich nicht erinnern, nie haben sich Gliedmassen je so fantasiereich den Tasten genähert, nie war das Spektrum der Berührung so gross, vom zarten Streichelzug bis zum energischen Schlag in die Klaviatur. Sie staunt, wie akrobatisch die Finger turnen, wie sie unerhörte Klänge erzeugen und gibt sich der Kraft hin, aus der ihr Stan zu schöpfen scheint: der Unerschöpflichkeit nämlich. Solch Empfinden tut Tilda gut, es regeneriert. Diesen Händen würde sie sich ganz überlassen.

Sein Konzert gibt Stan heute, wie so oft, in der Bundeshauptstadt im grossen Saal unter dem Walmdach des alten Casinos, er macht sich mit dem Orchester an einen Rachmaninoff heran. Die ersten Takte sind soeben erklungen, Tilda merkt augenblicklich, der Einstieg klingt sonderbar, ihr Stan wird der vielen Noten nicht Herr. Zähflüssig kommen die Töne ihr entgegen, das Orchester versucht zu stützen und weiterzuziehen. Tilda spürt mit jeder Faser ihres Seins, dass der Virtuose den Anschluss sucht und den Zauber am Flügel nicht mehr wie sonst üblich und so verführerisch erzeugen kann. Die Arbeit an den Tasten kommt dem Pianisten plötzlich als solche vor, sie fällt ihm schwer, unerträglich schwer.

Auch Tilda ist durcheinander, ihr innerlicher musischer Seismograph wiedergibt das übliche Muster bei Rachmaninoff nicht mehr, die Nadel schlägt mager und erbärmlich aus, sie kratzt nervös über die Trommel und zeichnet einen fetten, ausgefransten Strich, mehr nicht: verkümmerte, schwunglose Musik. Stans Finger kleben an den Tasten, die Arme schwingen nicht aus, es fehlt die Eleganz, seine Stirn legt sich in dicke Falten, Schwermut zerdrückt die Luft im

Saal. Was kann einen Koloss wie Stan denn dermassen lähmen? Was nur mag des Künstlers Seele so sehr betrüben? Welche Schatten holen ihn ein? Das fragt sich Tilda und leidet heftig mit.

Und dann passiert es, wieder, wie so oft im Klavierkonzert bei Stan, mit viel Dramatik: Tildas Herz beginnt zu rasen, der Schweiss zu fliessen. Ein Tagtraum hat sie gepackt und schüttelt sie, er kommt aus dem Kino und seinen Filmen, in das Tilda ebenso gerne flüchtet wie ins Konzert. Wir sind vor der Leinwand in ihrem Kopf:

Tilda befindet sich im letzten, grossen Kampf. Urplötzlich steht sie in historischer Kulisse, vor einem alten Landsitz in einer englischen Grafschaft, Rauch schwängert die Luft und trübt den Blick, Bedienstete sind dem Gebäude entströmt, stehen wie angewurzelt im Park und blicken zurück in ein Feuer, welches das Dachgebälk überall zerfrisst. Die Flammen lodern in den Nachthimmel und lassen ihren Funkenregen ins Geschehen niedergehen. Auch Tilda wird besprüht, sie ist jetzt Joan Fontaine, sie ist die Protagonistin. Hitchcock, 1940, *Rebecca* heisst der Film. Joan sucht ihren Mann, verkörpert von Laurence Olivier, sie weiss nicht, ob ihn gerade das Feuer verzehrt, ob er noch zu ihr finden wird. Schon die ganze Zeit kämpft sie um seine Liebe und gegen diese ominöse Rebecca, seine erste Ehefrau, die im Landsitz auf üble Weise herrschte, dann mysteriös im Meer verschwand und ums Leben kam, aber die immer noch in allen Köpfen herumgeistert, als Laurence' vermeintlich grosse Liebe. Wie bewundernswert, die sanfte Joan nimmt es auf mit den bösen Schatten aus der Vergangenheit, die alles Neue zu zermalmen scheinen. Wild entschlossen stemmt sie sich ihnen entgegen, ihre Tapferkeit wird sich lohnen.

Tilda-Joan weiss, dass sie in dieser Stunde zu ihrem Liebsten halten, dass sie an ihn glauben muss, dass er alle Unterstützung der Welt benötigt, um seiner Dämonen Herr zu werden. Schliesslich gelingt es ihr, sie erringt Laurence' Herz, sie setzt sich durch, ohne sich selbst aufzulösen. Sie ist eine selten starke Frau. Der Brand hat alles zerstört und sie beide vom Alten befreit, ihr Laurence ist den Flammen und den alten Geschichten nicht zum Opfer gefallen.

Unerschütterlich ist Tildas Gewissheit, sie kann für eine Liebe kämpfen wie keine zweite, Hingabe liegt ihr sehr, ihre Liebe gewährt Boden und Halt, selbst einem schwankenden Pianisten am Konzertflügel. Ein «Ich steh dir bei, Stan, ich bin bei dir» entflieht ihrem Mund, der Bühne zu, magische Worte.

Und tatsächlich: Der Zauber ist wieder da, Stan fängt sich, seine Arme rudern kurz und finden in den Fluss zurück, sie malen wieder ihre weichen Zeichen in die Aura um den Flügel im Casino. Die Hände wirbeln aufs Neue über die Tasten und entzücken wie gewohnt. Rachmaninoff in alter Frische. Ein grossartiges Glück umspült Tilda, sie ist ihrem Stan beigestanden. Ihr Puls überschlägt sich immer noch, nun aber aus anderem Grund.

Rasender Puls, wenn es ihn lediglich im Casino gäbe! Doch er überschlägt sich schon wieder, diesmal an der Arbeit: Die kniffligste aller Aufgaben steht an. Das Grossspital reorganisiert die Tausenden von Betten, will die unzähligen, weitherum zerstreuten Betten-Statiönchen zu grossen Pflegeabteilungen zusammenlegen, *Pooling* nennt sich das, man hofft, dass es im Deckmantel des Englischen besser geht.

Tilda weibelt von Gebäude zu Gebäude, von Klinik zu Klinik und erklärt die vielen winzigen Reiche – jedes über ein paar spärliche Betten herrschend – für aufgehoben, längstens haben sie haben ihren Glanz verloren: Manche ihrer Betten blieben immer leer und wurden kurzum für gesperrt erklärt oder sie gelten als reserviert für die Notfallkundschaft, die man doch nicht aufnimmt, weil sie zur Unzeit daherkommt.

Unter dem Strich also, wenn das Grossspital die Gesamtbilanz zieht, bleiben viel zu viele der teuren High-Tech-Liegen leer und nutzlos bleibt auch der kostspielige Raum, den sie verstellen. Leere Betten sind Gift fürs Grossspital, sie reissen tiefe Löcher in die Kasse, die am Gleichen krankt, der wachsenden Leere. Ärgerlicher noch, die verwaisten Betten vermögen einen üblen Verdacht nicht zu zerstreuen, die Vermutung nämlich, dass Überkapazität besteht, dass man die sündhaft teure Infrastruktur nicht richtig zu nutzen weiss. Her mit den Betten also, ist die Devise, weg aus den verschnippelten Territorien der Chefärzte und hin in die Obhut eines zentralen Regimes. Dieses wird wissen, wie man die schiere Menge der Betten eindämmt und die noch vorhandenen Betten besser auslastet. Keine Widerrede aus den hinteren Reihen mehr, wer ins Grossspital eingeliefert wird, der kriegt und füllt ein Bett, überlastete Behandlungsteams hin oder her!

Betten poolen aber ist nicht lustig, erfährt Tilda, da nützt es auch wenig, dass sie die Heerscharen der Pflegekräfte anführt, jene also, die an den Betten stehen und mit ihrer Schlagkraft nur für eines sorgen sollen – mag es denn erstaunen? – exakt: für die Entleerung der Betten! Die Dauerlieger unter den Patienten, keine seltene Spezie, sind nämlich auch Gift für die Kasse des Grossspitals, auch sie kosten zu viel, ihr Aufenthalt, der nicht enden will, wird von den Krankenkassen mager abgegolten.

Die liebe Tilda weiss nicht ein, noch aus, keiner mag gepoolte Betten, nicht die Klinikchefs, nicht das Pflegevolk. Die Pflegefabrik widert an: Pflege im Akkord, schön separiert, Normalpflege, Spezialpflege, Intensivpflege, jeder pflegt in seiner eigenen Welt und bitte schön, – wie am Flughafen – kurzer *Turnover*, wieder neue Fracht, rasch wieder durchstarten, neue Patienten rein in die noch furzwarmen Betten und gleich wieder raus mit ihnen, aus dem Spital hinaus, schön bevor die Erträge in die Verluste kippen. Einfach keine Leere, nicht ein leeres Bett, nicht leere Kassen und hören Sie gut zu, liebe Frau Tilda Oettli, liebe Frau Pflegechefin, bitte keine leeren Köpfe, keine leeren Konzepte, es wird schon gehen, Sie werden sehen!

Wohin soll man da denn fliehen, wenn nicht ins Konzert? Zum Glück ist die Bundeshauptstadt die Heimbasis für Stan, er tritt auf, wieder schon, im schmucken Casino, und Tilda sieht man am besten Platz, nichts entgeht ihr, nicht die Mimik, nicht die Gestik, nicht die wilden Läufe über die Tastatur. Fünf Mal über die Jahre hat sie ihren Abonnementssitz umgebucht, bis er sass, der beste Blick auf ihren Stan und seine wunderbare Kunst.

Zweigeteilt der Abend, auf den gesetzten Mozart – in bekannten Pfaden und solid die Darbietung – folgt der Ligeti, die Ränge ziemlich ausgedünnt, neue Musik ist vielen dann doch zu neu. Nicht aber Tilda, was denken Sie, die im Alltagssumpf Erschlaffte mag, was sie Eskapaden nennt, sieht ihren Stan im Element wie nie zuvor, sieht, wie er sich aller Hemmungen entledigt, aller Steifheit, aller Form. Ligeti, das ist Labor, Ligeti macht einfach Spass! Wie sehr doch Stan am Flügel erblüht und wie die Kraft fliesst! Das zieht hoch aus dem Matsch vom Grossspital.

Manche der Konzertbesucher sind dann doch geblieben, dem Ligeti zum Trotz, denn im Foyer, nach der Zugabe, gibt es Autogramme, Konstantim Ovid zum Anfassen und Zugreifen, welch Seltenheit.

Und wieder passiert es, wieder Kino und Dramatik, doch diesmal nicht im Kopf, nicht in der Seele, nicht in Tildas imaginären Echoräumen, nein, es geschieht: real.

Konstantim steigt die letzten Treppenstufen hinunter in die Eingangshalle, rund um ihn schon ein Gedränge, auch die Tilda im Tross der Huldiger, ganz zuvorderst, am Rocksaum des Stars, Speerspitze gleichermassen.

Keiner kann sofort fassen, was nun geschieht und warum. Ligeti hat aufgewühlt, nicht überraschend, Ligeti hat provoziert, ein Verwirrter unter den Konzertbesuchern aber scheint den Ligeti gar nicht vertragen zu haben, so wie er vielleicht gar nichts im Leben verträgt. Er kramt aus einer Tasche Platzballone hervor, sechs an der Zahl, sie sind mit Farbe gefüllt. Die Ballone fliegen dem Pianisten zu, schlagen auf Konstantim auf, zerplatzen in seinem Gesicht, in den Haaren, auf Brust und Herz. Rot läuft es herunter, rot wie Blut. Konstantim tut, was er nie tut, der Koloss weicht zurück, stolpert über Tildas Füsse, fällt in Tildas Arme: Tilda und ihr Stan, ein Paar, farbgetüncht in Liebesrot. Tilda hält nur seinen Kopf, streicht die Farbe aus seinem Gesicht und flüstert: Stan, ich bin ja da, immer bin ich da.

Jetzt doch noch der Flash, wieder reinkarniert die Tilda in Zelluloid, okay... in Bits and Bytes, hinein in die Leinwandwelt. Jacky, so hiess der Film, Jacky Kennedy, wer kennt sie nicht? Auch so eine starke Frau, auch so eine Wegbereiterin, sie hat sich tief eingebrannt in Tildas wunde Sehnsuchtsseele. Tilda ist jetzt Jacky, in ihren Armen liegt die attackierte Galionsfigur, der eingeknickte Hoffnungsträger, auf den alle schauen. Rot verschmiert ihr deux pièces: So schnell wird sie es nicht ablegen, wird es lange auf ihrem Körper tragen, als Mahnmal gegen den Frevel, gegen die Besudelung. Wie Jacky fühlt sich Tilda, die nach dem Attentat vor die Augen der Welt tritt und in persona zeigt, was sich nicht kappen, was sich nicht wegputzen lässt: die Blutspur, den tiefroten Saft aus der Ader des Lebens, die sie mit ihrer Liebe vereint. Wie die Jacky will sie sein, die ihrem Mann folgt, schwarz verschleiert, hinter dem Sarg auf den langen Strassen und überhaupt überall hin, über den Tod hinaus, voller Beharrlichkeit. Ja, wie die Jacky, die das Erbe und die Werte ihres Mannes hochhält und dem Ausgelöschten zu noch grösserer Geltung verhilft, nicht zu irgendeiner, nein, zur endgültigen gar.

Gekreuzte Wege, Wahn und wahres Leben an einem Punkt, damit hat Tilda nicht gerechnet. Eine schöne Fantasie hat dort zu bleiben, wo sie hingehört, jenseits der spröden Alltagswelt, jenseits der Grenzen und Möglichkeiten des Menschen, der sich ihr hingibt. Und nun hat sich ausgerechnet diese Fantasie herausgenommen, in ihr echtes Dasein zu treten, buchstäblich, hat sich erlaubt, ihr mit aller Wucht rücklings in die Arme zu fallen, ungefragt. Die Fantasie hat sich in Fleisch und Blut verwandelt, ist zu einem realen Stan mutiert und dieser Stan hat ihr in die Augen geblinzelt, verwundert und neugierig. Er hat ihr die verschmierten Hände gehalten und aus ihnen die rote Tunke weggestrichen, mit den gleichen Zauberfingern, die sonst an den Flügeltasten die schiere Kunst hervorbringen. Das sanfte Streicheln, das zarte Abtupfen mit dem weissen Taschentuch voller Konzertschweiss, Stans Perlen aufgelöst auf ihrer Haut, alles ist immerwährend da, ihre Hände werden heute noch heiss, wenn die Gestreichelte daran denkt, wenn sie die Magie der Berührung wieder spürt.

Jetzt aber! Es herrscht verkehrte Welt. Nicht das Casino erlöst, nein, es ist andersrum: Tilda ist für einmal ganz erleichtert und froh, sich wieder im dumpfen Stollen des Grossspitals vorzufinden, wer hätte sowas gedacht? Am wenigsten sie selbst. Jetzt nur keine Hoffnung auf ein Anbändeln mit Stan, fleht sie innerlich, jetzt nur nicht Morgenluft wittern, die sich eh gleich wieder verzieht. Stan bleibt unerreichbar für mich! Also wieder das immer Gleiche, nur jetzt noch motivierter als sonst, verbissen stürzt sich Tilda in den Abbau der Pendenzenberge, sie gräbt sich durch die Stösse der Unterlagen, die ihr die Assistenten neben dem Bildschirm auftürmen und die stets Nachschub erhalten. Aber die Konzentration will ihr nicht gelingen, da kann sie sich bemühen, wie sie will: Verdammt, nur nicht an diese Hände denken, diese starken und doch zärtlichen Hände, nicht an die Massage vom grossen Pianisten und seinem Geschick!

Welch Glück, es kommt gerade das Passende daher, zum richtigen Zeitpunkt, man hat Tilda in die Führung eines Jahrzehnteprojektes gewählt, das sie noch mehr ablenken wird. Gut so! Wieder will das Grossspital mit der grossen Kelle anrichten, so gebührt es sich, denn man liebäugelt mit dem Savoir-faire auf Welt-Niveau. Fertig mit Papier, heisst die Parole, auch wenn sie banaler nicht klingen könnte, fertig mit den unzähligen Rollregalen voller Krankengeschichten, die nur überall den Behandlungsraum verstellen und fertig auch mit Telefon und Fax, wir sind doch nicht im Kindergarten, wo sich die Kinder von Blechbüchse zu Blechbüchse austauschen!

Nichts Geringeres als die Zeitenwende steht an, ein radikaler Wechsel. Digital soll alles werden, wie bei den Banken und in der Industrie, endlich kein Hinterherhinken mehr. Der Software-Gigant aus Amerika wirds richten, er liefert die Eierlegendewollmilchsau, ein Super-Programm, das auch den Hinterletzten an den Bildschirm zwingt und jedes menschliche Zucken in eine einzige Datenbank des Grossspitals bannt: Wenn die Patientin sich regt und die Pille schluckt, wenn die Ärztin verordnet oder der Pfleger berät, wenn die Chirurgin durch die Patientenhaut sticht und die Organe flickt, immer speichert es der Computer. Von der Wiege bis zur Bahre saugt die elektronische Krake die Daten der Patienten auf, wer will ihren Tentakeln schon entkommen? LYRIC heisst die Super-Software, das neue Allerweltwerkzeug, in Anlehnung an die ganzheitliche Behandlung, an die Patientenzentrierung, wie es alle nennen und herunterbeten, als wäre ausgerechnet der Patient aus dem Gleichgewicht gefallen. Das Grossspital will wieder Gefühl in der sterilen Maschinerie, es kümmert sich jetzt um des Patienten Befindlichkeit. Wenn die intelligenten Computer dereinst alle entlasten, weil sie im Hintergrund selbst arbeiten und steuern, dann gibt es wieder Raum fürs Gespräch und die persönlichen, ach so lyrischen Momente des Patienten im Spital.

Zum siebten Mal kehrt Tilda aus Amerika zurück, wo sie und andere Manager mit dem Hersteller von LYRIC verhandeln, seit Monaten schon, noch immer ist der Deal nicht abgeschlossen. Die Kliniken haben vielfältige und meist überrissene Erwartungen an das zukünftige Wunderinstrument und malen sich die digitale Unterstützung im klinischen Alltag bunt aus, sie glauben zu wissen, dass Software heute eigenständig dazulernen und sich selbst erneuern kann.

Tilda aber fühlt sich ernüchtert, sie weiss, sie wird die unrealistischen Forderungen aus den Behandlungsteams in den Verhandlungen mit LYRIC nicht durchsetzen können. Das Gegenüber will sich nicht auf Kompromisse einlassen und zeigt sich hart. Der viele Jetlag ist das eine, aber das Beissen auf Stein das andere. Tilda ist frustriert, sie ahnt, dass sie die Kliniken enttäuschen wird, selbst ihr eigenes Pflegefachpersonal wird kaum zufrieden sein, denn auch die Amerikaner kochen mit Wasser, auch die Digitalisierung wird ihre Grenzen haben, auch die Arbeit ohne Papier wird beschwerlich bleiben. Keine Software kann zaubern. Der Hersteller warnt schon, Spezialwünsche gibt es nicht.

Wohin zieht es Tilda demnach erneut, jedem inneren Widerstand zum Trotz? Natürlich ins ... Konzert, ins Casino, zu ihrem Stan. Sie tut alles, um es sich zu verbieten, denn wieder schon steigt Stan aus dem Reich der Fabelkunst, wo er sich bitte auf ewig stillhalten soll, wieder schon streckt sich ihr die Hand des Pianisten entgegen. Sie hat ihr vom Konzertveranstalter Blumen zustellen lassen, einen Strauss weisser Lilien, jede Vase war zu klein. Dazu einen Gutschein vom edlen Modegeschäft, mit der Notiz: Sie waren charmant, selbst im ruinierten Kleid, ich schulde Ihnen Ersatz, holen Sie sich ein neues, unbeschädigtes, machen Sie mir die Freude. Ich hoffe auf Ihren Besuch in der Garderobe.

Hin und her gerissen, die arme Tilda, das grosse Wechselbad. Stan in Reichweite, das kann keine Normalsterbliche verkraften. Man kann sich doch den Speck nicht durch den Mund ziehen lassen, wenn er sich danach nicht verspeisen lässt. Hingegen: einen Gutschein refüsieren, ein Geschenk verfallen lassen, sich für eine Gabe nicht erkenntlich zeigen?

Tja, jetzt sitzt Tilda wieder im grossen Konzertsaal, auf ihrem Abonnementssitz. Ist er nicht zu kostspielig, um ihn einfach leer zu lassen? Sie ist ganz Ohr und ihr Widerstand schmilzt, als Stan ihren Liebling zum Leben erweckt, den Saint-Saëns, das erste der Klavierkonzerte, es taucht selten in den Programmen auf. Auch für Stan: Première vor Publikum! Tilda mag die Klänge, sie liebt diese tänzerische Fröhlichkeit, dieses Stakkato, das nur die Tasten kitzelt, wie kleine Stolper. Siehe da, auch Stan ergötzt sich an den Hüpfern, mit jeder Synkope hebt er vom Stuhl, gefühlte dreissig Zentimeter, die Haare flattern, das Leder knarrt, es raunt das Publikum.

Nach dem langen Applaus folgt der Besuch in der Garderobe. Tilda reisst sich zusammen, aber sie fühlt sich zwiespältig und gelähmt. Stan lässt den Smalltalk bleiben, entschuldigt sich fürs *Malheur* in der Eingangshalle des Casinos, will wissen, ob sie den gemeinsamen Sturz heil überstanden hat und richtet sein Interesse auf ihr Befinden, ihr Seelenleben im Konzert: Immer sind Sie da im Saal, ich habe es schon bemerkt, lange schon, was treibt Sie denn in die Arme der Klaviermusik, Frau Oettli, oder darf ich Tilda zu Ihnen sagen? Stan hört zu, Stan fragt nach, er will wissen, was der Saint-Saëns mit ihr angestellt hat. Tilda ist überrumpelt, so viel Neugier hat sie nicht erwartet. Überfordert sitzt sie da, das ist doch alles nur Höflichkeit, nur Wiedergutmachung. Stan weiss einfach, wie man mit einer Anhängerin umzugehen hat, wie man die Sucht der Verfallenen aufrechterhält. Der hält sie doch für ein *Groupie*, das nur weitere ankarren wird. Und als Stan sie fragt, ob sie denn Lust hätte, ganz spontan, im feinen Restaurant, daselbst im Casino zu speisen, auf seine Kosten, ob sie sich vorstellen könne, einen Abend mit ihm zu verbringen, da platzt der Tilda der imaginäre Kragen am fabrikneuen, kragenlosen Abendkleid, da zerfällt und zerbröselt die Fabelwelt des Casino-Prunks, da mag sie auf einmal keinen Märchenprinzen mehr vor sich haben. Sie glauben doch nicht, entrüstet sich Tilda, also Sie bilden sich doch nicht ein, nur weil Sie mich in die Boutique geschickt haben, ... ich bin keine Staffage für einsame Musiker, ich habe auch sowas wie meinen Stolz, ich habe auch meine Kunst, meine Berufskunst! Dann brabbelt sie noch ein Abschiedswort und läuft davon.

Zuhause knallt sich Tilda aufs Sofa, vor die grosse Scheibe. Jetzt hilft nur noch Kitsch, grosses Kino: Stolz und Vorurteil, von Jane Austin stammt der Stoff, der unübertroffenen Ehrenretterin der Frauenwürde, zumindest damals im neunzehnten Jahrhundert. Fünf Mal spult Tilda zurück, fünf Mal liest sie jedes Wort von den Lippen der Hauptdarstellerin, der Keira Knightley – die trägt nicht umsonst das Ritterliche im Nachnamen. Tilda fühlt sich wie Keira, die Landadelstochter ohne Geld, die wider jede Vernunft den Heiratsantrag aus gutem und begütertem Hause ausschlägt, nur weil sie nicht verachtet werden will, nur weil sie die Beleidigung nicht erträgt, ihrer armseligen Herkunft zum Trotz erwählt zu werden, als wäre ein Opfer für sie zu erbringen und als hätte sie dafür am Ende noch dankbar zu sein. Das ist ihr nicht genug, nicht der Keira, nicht der Tilda. Sie will Respekt, sie will die Liebe um ihres Wertes willen. Lieber Stan, ein für alle Mal sei klargestellt, ich bin keine Platzhalterin, auch wenn ich einen Sitz im Abonnementskonzert belege, ich fungiere nicht als Alibi.

***

Was für ein Schlamassel, nun steht das Leben wieder Kopf. Dabei hatte Tilda den Dingen doch schön ihr Plätzchen zugewiesen, die Existenz schön aufgeräumt: Die Leidenschaft restlos im Job und für den Frust das Casino-Ventil, das sublime und sublimierte Schwelgen im Abonnementskonzert und für die Momente der Bodenlosigkeit das Kino im Kopf, das immer schön passende Gefühls-Plagiätchen aus der Hollywood-Zauberkiste.

Wie hat es ewig gedauert, bis das Gleichgewicht zur Tilda zurückgefunden hat, lange Wochen, Monate! *Back to normal* tritt nur langsam ein, die Gemütslage ist immer noch hochfragil.

Geschämt hat sie sich, über ihr Theater vor Stan, wie ärgerlich, wie blamabel, wie irreversibel. Verdammt nochmal! Wie konnte ihr das passieren, ihr, der Topmanagerin, der Pflegeexpertin, die weiss was man tut, wenn die Vitalkurven zusammenbrechen, am Bett oder im Cockpit des Unternehmens. Der Abend hätte sich doch einfach geniessen lassen, entspannt und vergnügt wie im Konzertrausch, hofiert vom Champagnerschaum und dem Glitzerlicht aus den Kronleuchtern. Stan wäre dann wieder verschmolzen mit all ihren Filmfiguren, hätte sie verehrt, wie nur ein Laurence Olivier eine Frau verehren kann, hätte ihr die hochadelige Ehe versprochen, beeindruckt von ihrem weiblichen Stolz und hätte sie schliesslich als Ehefrau um ihre Hilfe gebeten, ohne die es ein präsidiales Wesen nicht schafft. Alles hätte feinsäuberlich einen Schlusspunkt gehabt, sie hätte Stan wie ein Objekt zurückgestellt auf die Bühne im Casino in die Sphäre enthobener Eitelkeiten, sie hätte ihn zurückspediert zu seiner Luxussklavin im schwarzen Lack, die ihm exakt die Töne heult, die er aus ihren Tasten presst, die Madame Bechstein oder Steinway oder wie die edle Gespielin sich halt zu nennen pflegt.

Und wieder hat Tilda die Rechnung ohne den Wirt gemacht. Die letzten paar Klavierkonzerte hat sie sausen lassen: dem Monsieur Ovid aus dem Weg gehen, nur keinesfalls ihm unter die Augen treten! Vielleicht wird sie jetzt in die Oper gehen, dort gibt es keine Autogrammstunden mit leibhaftigen Künstlern, nicht, dass sie von solchen wüsste, und sie kennt sie nun alle zur Genüge, die *Masterpieces* für das Orchester mit dem Solisten am Flügel. Oper und Kino, das geht ohnehin Hand in Hand, ein Sänger ihrer Fantasie wird sich finden lassen, Bass wäre nicht schlecht, etwas, das erdet. Eine Liebelei auf sichere Distanz natürlich, virtuell, wie man heute sagt.

Und wieder kommt eine Treppe ins Spiel, wieder führt sie eine Treppe zusammen. Tilda verlässt soeben ihre Wohnung, will zur Arbeit und steigt die ersten Stufen hinab. Ein Stockwerk tiefer stösst sie unerwartet auf Stan, sie fallen ineinander, zumindest beinahe. Fassungslos erstarrt Tilda, sie ist mit dem Kopf schon im Grossspital, sie fühlt sich bedrängt und abgehalten von ihrem Ziel: Was machen Sie da, was machen Sie denn in meinem Treppenhaus? Stellen Sie mir nach, oder was? Stan schmunzelt, er winkt ab und erklärt mit ein paar Worten, er sei hier in diesem Haus kürzlich eingezogen, er habe nicht gewusst, wer da ansonsten wohne, sowas prüfe man nicht. Er fügt an: Ist also nicht nur Ihr Treppenhaus, das gehört jetzt auch ein wenig mir, liebe Frau Oettli, mit Verlaub liebe Tilda, ich wohne hier im Hochparterre, aber mach Dir keine Sorgen, ich spiele hier nur selten, ich probe andernorts. Es wird keinen Lärm geben. Und fantastisch, einfach traumhaft, mein Studio fürs Üben liegt gleich um die Ecke, ich kann da im Morgenmantel hin. Kurze Pause, dann sagt Stan: Also hätte ich gewusst, dass Du auch da wohnst, dann hätt ich mich bemerkbar gemacht. Die Begegnung im Casino lief einfach schief, falsches Setting, ich könnte mir gut vorstellen, dass wir im Quartierrestaurant einen Kaffee trinken, dass wir einen zweiten Anlauf nehmen, ich hoffe auf gute Nachbarschaft. Ich muss jetzt, sagt Tilda nur, sie merkt gerade, wie ihr Gleichgewicht ins Schwanken kommt, sie rennt davon, wie immer, ihrem Fluchtpunkt zu, dem Grossspital.

Blumen findet Tilda vor der Wohnungstüre, schon zum dritten Mal. Weisse Lilien, was denn sonst? Stan schreibt ihr jedesmal ein paar Sätze: Entschuldige, Aufdringlichkeit liegt mir fern, aber die Dinge dürfen so nicht enden, oder? Dann: Lilien sind die Blumen der Freude, sie helfen auch den Unentschlossenen. Schliesslich: Heute Saint-Saëns, ich übe extra laut und ausnahmsweise in der Wohnung, extra laut für ein Ja von Dir, ich werde mich anstrengen!

***

Das Ja ist zustande gekommen, aus dem Drink um fünf ist ein Abendessen geworden, unter Kastanien in der Beiz im Quartier. Marktsalat, Berner Röschti, Wein aus dem Dreiseenland. Die beiden erzählen von ihrer Arbeit, wie sie täglich ringen, um vorwärtszukommen, wie schwer es ist, Befriedigung zu finden und wie sie sich entfalten möchten, ganz persönlich in den weitläufigen Welten der Musik und des Gesundheitswesens. Die Passion ist ein solides Fundament, beide wissen dies, beide merken, wie sehr sie darauf bauen, Beruf greift viel zu kurz, nicht einmal Berufung reicht aus, wer sollte denn da schon gerufen haben? Es braucht ein ganzes Weilchen, bis das Gegenüber vom jeweils anderen weiss, wie sich ein Leben überhaupt anfühlt, im Konzertbetrieb, in der Leitung eines Pflegeressorts. Und sie entdecken, es gibt viele Berührungspunkte, manche gut versteckt, mehr noch, da existiert Verwandtschaft und Vertrautheit. Sie kommen überall vor, die Kräfte der Verwandlung, die zu heilen vermögen, sie machen keinen Halt an den Grenzen der Lebenskompartimente, ob Musik oder Gesundheit oder anderes.

Die Frage ist nicht aufzuhalten, man wollte sie vielleicht nicht so früh schon stellen, aber nun ist sie da, Tilda fragt Stan und Stan tut es ihr gleich: Wie bist Du denn zu dem gekommen, das Dich so sehr ausfüllt? Der Stan zuerst. Er erzählt aus der Kindheit, vom Verlust der Mutter, an der er hängt, er, das Einzelkind, der Vater kaum präsent, sie stirbt viel zu früh, sie hat das Augenlicht über die Jahre verloren, nach und nach. Zuhause, am Krankenbett, ein altes Klavier, Stan beginnt zu spielen, einfach so, aus sich selbst heraus, er sucht sich seine Melodien, er verkürzt der Mutter die Zeit und merkt, nur die Musik, seine Musik verleiht ihr noch Kraft. Ich weiss, schliesst Stan, ich mag die Geschichte nicht kolportieren, sie ist zu nahe am Kitsch, aber es ist so, ich habe in dieses alte Klavier alles gegeben, um meiner Mutter meine Liebe zu zeigen, um sie nicht loszulassen. Ich spiele noch heute für sie, nicht nur, aber auch.

Meine Geschichte ist nicht so spektakulär, die Tilda ist dran. Ich bin eine Begleiterin, das ist mir von klein auf aufgefallen. Kranke Tiere habe ich eingesammelt und gesund gepflegt, welke Pflanzen wieder hochgepäppelt und ich bin aus dem Staunen nie herausgekommen, woher die Kräfte kommen, die einem wieder auf die Beine helfen. Auch bei den Patienten ist das so, die Medizin ist gut, beeindruckend gut, aber der Patient ist besser, unglaublich, welche Wunder passieren, nach dem Unfall, in der Krankheit, in der Krise. Und ich will Teil davon sein, ich habe nie verstanden, woraus mein Beitrag wirklich besteht, ich weiss, dass Waschen, Umbetten, Zureden und was wir in der Pflege machen, seinen

Nutzen hat, aber es braucht mehr und ich will dabei sein, wenn die menschlichen Geister beschliessen, nicht vom Leben zu lassen ... oder dann vielleicht doch, wenn es gut ist, wenn es so gut sein darf. Das tut mir sehr leid mit Deiner Mutter.

Zum Abendessen haben sich Spaziergänge gesellt, Tilda kommt jetzt ab und an früher nach Hause, sie weiss, wann Stan aus dem Studio kommt. Dann fragt sie ihn, ob er noch Lust hätte, an der Aare einen Spaziergang zu machen. Er schlägt es ihr nicht ab. Einmal, als sie die Füsse im Fluss baden, geschieht es, sie fragt: Also, wenn ich mal für Dich kochen würde, würdest Du Dich einladen lassen?

Tilda ist aus dem Häuschen, Stan kommt zum ersten Mal auf Besuch. Wer weiss, wo der Abend hinführen wird, er muss reüssieren. Einmalig soll er werden, also legt sich Tilda ins Zeug. Wie kann sie denn wissen, wie kann sie ahnen, dass der Abend filmreif wird, dass gleich all die Geister auferstehen werden, Hitchcock, Jacky, Jane Austin, sie alle wollen Pate stehen im grossen Moment. Gleich gehts los! Aus dem Keller holt Tilda das bisschen Rehfleisch aus der Region, das sie ergattert und lange in die Beize gelegt hat. Ja und dann? Dann nimmt das Schicksal seinen Lauf.

Rehblut gehört ins Bündner Rezept, das Töpfchen der aufgetauten roten Tunke fällt Tilda zu Boden, verschmiert ihr die Bluse, Tilda wettert, putzt vom Boden Scherben und Rehblut auf, schneidet sich dabei tüchtig in die Hand, springt jetzt ins Badezimmer, Blut hier, Blut da, ihr Kopf irgendwo, und vergisst, dass der Kochherd den Schmalz im Brattopf schon eine ganze Weile mit voller Kraft erhitzt, so sehr, dass dieser Feuer fängt, so sehr, dass es zischt und knallt aus der Küche. Tilda springt zurück, zieht den Topf vom Herd und versucht noch diese Löschdecke zu finden, wo verdammt nochmal ist sie nur? Wie schmerzt die Hand! Zu spät: Die Küche brennt, schwarzer Qualm füllt den Raum, die orangen Flammen lecken aus den Fenstern ins Freie. Unten auf der Strasse laufen die Menschen zusammen, Feuerwehrgeheul ist schon zu vernehmen.

Die Schlussszene, hollywoodreif: blutbeschmierte Joan-Jacky-Tilda vor dem Funkenregen des Feuers, untröstlich. Durch den Pulk, was für ein Ringer, kämpft sich Stan und er braucht gerade ein Weilchen, bis er Tilda in Sicherheit hat, bis er sie beruhigen und sich um ihre blutende Hand kümmern kann.

Haben wir nicht davon gesprochen, eine Auszeit zu nehmen, fragt plötzlich der Stan, weisst Du, Du vom Höllenjob und ich fürs Komponieren? Wäre das nicht der richtige Moment, Auferstehung aus der Asche? Wollen wir das nicht gemeinsam tun, wollen wir nicht zusammen auf eine Reise gehen? Tilda, jetzt auch noch tränenverschmiert, klebriges Gesicht wie die Knightley im Film, denkt noch, so ohne Weiteres kann man nicht zusagen, so überrumpelt kann man doch kein Liebesversprechen geben, wo bleibt denn da der Stolz? Du kannst mir mal, Knightley, triumphiert Tilda innerlich, du kannst mir mal gestohlen bleiben, liebes Hollywood: ja, ich komm mit, Stan, so etwas von gerne komme ich mit Dir, lassen wir das Einstürzende hinter uns. Und dann küsst sie der Stan, behutsam auf die Wange.

Verzählung Nummer vier

Die Hinterlassenschaft

Als C.Ovid nach langem Leiden endlich verschied, hinterliess er ein seltsames Testament.

Über siebzig Seiten lang ist es und der aufmerksame Betrachter entdeckt sofort, es kann nicht allzu lange vor seinem Tod entstanden sein: Die Handschrift ist aus einer anderen Zeit und doch die eines alten Mannes, eigenwillig, ungelenk und beinahe unleserlich. Zum Ende eines jeden Abschnittes werden die Buchstaben grösser und die Zeilen schräger, als ob ihnen die Vollendung eines Gedankens mehr Gewicht anlastete. Eines noch springt ins Auge: Es gibt nicht eine Korrektur, nicht an einer Stelle, kein einziges durchgestrichenes Wort über alle Seiten hinweg.

Seltsam auch die Testamentseröffnung, sie solle nicht in der Kanzlei stattfinden, sie verdiene einen einmaligen Rahmen, auf diesen Punkt legt C.Ovid auffälligen Wert. Dem Notar hat er vorsorglich ein Honorar überwiesen in einer Höhe, die jede Gegenwehr der Erben im Keim ersticken soll, es gilt das Prozedere des Verstorbenen, keine Diskussion. Nun ist es so weit: Die Einladung hat ihre Empfänger erreicht, es sind dies die Nachkommen des C.Ovid, zwei Geschwister mit Namen Maxima und Alfons, und ihr weit älterer Halbbruder, der Konstantim.

(Am Telefon, Maxima und Alfons)
Nicht ganz dicht ist der Alte, was soll der *crap*? Er bestellt uns auf die Alp, nicht irgendeine, nein, auf die gottvergessene

Alp am Arsch der Welt, kein Strom, kein Netz, *fucking candle light, fucking dark ages*, was soll ich da oben bei den Hippies und Gammlern, die nicht wissen, wie man Zahnarzt buchstabiert? *Believe it*, wir waren dem Alten sowas von egal. Jetzt hat er den Löffel abgegeben und *shit*, wir sind den Typen doch nicht los! Echt, was will er auf einmal von uns wie ein Phantom aus dem Jenseits? Kleine Belehrung bei Alpöhi und Geissenpeter? Hat er da oben auf die alten Tage zum einfachen Leben gefunden? Bekommen die ewiggestrigen Bergler auch was ab von den Millionen? Almosen für die Aussteiger? – Maxi, das bringt nichts, hör mir endlich zu, komm einfach mit, es ist Dads letzter Wille, wir müssen da hin, alle drei. Es gibt keine andere Möglichkeit, der Notar lässt nicht mit sich reden. Wir sagen, wann es passt, und dann wartet er oben auf der Alp auf uns, wo er Dads Testament vollstrecken will. Glaub mir, ich setze auch die Welt in Bewegung, um die Zeit für den Trip zu finden, also gib dir den Ruck! – *You really mean it*, du willst wirklich mitspielen, die vollen drei Tage? *Fucking wilderness camp!* Wozu das Theater? Moos fressen und Ziegen melken, bis uns der Guru aus der Kanzlei erleuchtet hat und die *secrets* vom Alten verrät? Wer holt mich da raus, bevor ich in den Ziegendreck beisse? – Maxi, du kommst mit, du wirst die paar Tage überstehen. Wir sind da nicht in der Baracke, es gibt ein Berghotel, ein primitives zwar, aber jeder hat sein Zimmer und wir werden versorgt. Alles klar? Sag jetzt einfach zu, mir fehlt die Zeit für ein langes Hin-und-Her, ich hab noch viel anderes zu tun. Bitte! Du willst doch auch erben oder nicht? – Brüderchen, okay, wenn es sein muss, tue ich mir den Mist an, *it will blow my brains, but you have to promise, dear* Alfie, wir kidnappen diesen Kanzlei-Fuzzi ins Fünfstern und prügeln die Highlights dort aus ihm raus, bis wir wissen, wo unser

Geld liegt, kurzer Prozess, kein Versauern im Alpenmorast. (Kurze Gesprächspause) Und unser Klassik-Star, hat er zugesagt oder kommt er nicht aus seinem Klimpern raus? – Jetzt übertreibs nicht, Maxi, er heisst Konstantim, er gehört auch in die Familie, unser Dad ist auch sein Dad. Ja, er hat zugesagt. Und er spielt gut Klavier, das weisst du. Er hats geschafft. – Dann kann er Dads Kohle ja getrost uns überlassen. – Maxi!

(Im Aufstieg auf die Alp, die gottvergessene)

Maxima: Mann, gibt es irgendwo auf der Welt einen längeren Krachen? Wie oft will diese Sau-Schlucht denn noch Bögen schlagen? Hinter jedem Felsvorsprung wieder ein Taleinschnitt, immer noch eine Wanderschlaufe mehr, sehr originell diese *mountain wilderness*. Macht mich fertig. *No fucking roads no more, not a soul, freaking no man's land*, gleich geht der Horror los, Stephen King lässt grüssen, wie konnte...
Alfons: Hey, jetzt hol mal Luft, Maxi! In knapp zwei Stunden sind wir oben. (Ein Moment des Schweigens) Aber vielleicht fressen uns die Wölfe vorher, dann sind die Stunden schneller um.
Maxima: Ein müdes Haha! Dir geht die Sache doch ebenso auf den Geist, sowas schnalle ich, mein lieber Alfie. Wann machst du schon *jokes*, ausgerechnet du, ich kann mich an kein anderes Mal erinnern. Nur unserem Konstantim da hinten scheints zu gefallen, er holt sich Inspiration bei den Blümchen. Das hilft dem *Composer* wohl auf die Sprünge. (Maxima dreht sich um und ruft) Machst uns ein Kräutersüppchen oben, Konstantim? *Magic flowers*, dann wirds wenigstens richtig psycho. Wär doch was?

Konstantim: Die beste Bergwanderung seit langem! Eine Blumen-Symphonie, unglaublich. Ich habe noch selten eine solche Fülle gesehen. Es hat Bergorchideen, ich weiss nicht mehr, wie sie heissen, aber schaut sie euch an, sie sind beeindruckend, sie decken alle Farben ab zwischen Rosa und Lila, als wären es Variationen eines Motivs. Und die Disteln erst, kleine und grosse bauschige Kugeln, habt ihr je mehr Leuchtkraft gesehen? Ich kann mir gar nicht alle Arten einprägen. Und es hat viele andere Blüten, jede entfaltet sich auf geniale Weise! Die Natur lebt von so vielen Einfällen, jedesmal bin ich baff. Ich muss die Blumen zeichnen, ich muss ihre Namen später nachschlagen können.
Maxima: *Whenever*, Konstantim, aber nicht jetzt, mach ein paar *snaphots* mit dem Handy! Ist eh genauer als irgendwelche *sketches*. Ich will jetzt einfach hoch ins Hostel, ich will jetzt diesen Handlanger aus der Kanzlei weichklopfen und dann so schnell wie möglich wieder schnurstracks runter aus diesem *fucking dead end, it kills me*.

(Trinkpause, noch unterhalb der Baumgrenze, an einsamem Ort)

Konstantim: Ich weiss im Grunde genommen nicht, wer unser Vater war. Er hat nicht viel erzählt. Er war nie da. Mehr ein Geist. Ich weiss nicht einmal, womit er seinen Lebensunterhalt verdient hat, ich habe nie etwas wirklich gewusst, nicht einmal, wie man Fragen stellt. Nach dem Tod meiner geliebten Mutter hat er mich im Kloster platziert und fortan in Ruhe gelassen. Eine verborgene Hand hat mich versorgt, die Mönche waren grosszügig, aber sie hatten nur den Anflug eines Lächelns, wenn ich mehr ergründen wollte. Die

Weisheit des Herrn, die Weisheit des Herrn! Verschlossen bleibe sie uns, haben die Mönche gesagt.
Alfons: Er war ein Rohstoffhändler, auf dem Weltparkett, er hat...
Maxima: Quatsch, Waffendealer war er, *big shot, no one like him.*
Alfons: Rohstoffe, Maxi, chemische...
Maxima: Sag ich ja, Nervengifte oder was es dazu braucht. Massenvernichtung, es sind die noch schlimmeren Waffen. Ein geiles Vermögen hat er angehäuft, auf Kosten unschuldiger Seelen. Unermessliche Berge toter Menschen, kaltblütig ausgelöscht, von den Waffenkäufern, den Militärs und Vollstreckern. Von wegen Weisheit des Herrn, Weisheit des Teufels! *God forbid, if there is a God!*
Alfons: Das geht zu weit, Maxi. Wir wissen nichts Genaues. (Kurze Stille) Aber ich befürchte schon, dass es ungemütlich wird auf dem Berg, ich ahne, wir werden mehr erfahren, Unschönes womöglich.
Maxima: Es war bei uns wie bei dir im Kloster, Konstantim. Der Alte hat uns mit Zaster versorgt, Zaster war seine Sprache, also will ich jetzt *all of it. Of course, just my part,* ihr bekommt euren Teil. *Let's take the dirty money. It all makes sense, there's not more to it.* Und dann vergessen wir ihn, *good bye C.Ovid. Enough is enough.*
Konstantim: Und wenn alles so nicht zutrifft? Wenn er es am Ende gut gemeint hat?
Maxima: *No offense*, Konstantim, bleib bei deinen Blümchen. *Take the colours*, mach Musik daraus. Glaub an das Schöne, es versüsst uns wenigstens das Leiden und den Tod. Ein kleines bisschen.
Alfons: Maxi, sorry, es sind nicht alle frustriert, okay? Lass den Konstantim in Ruh.

Konstantim: Schon gut, ihr beide, ich fühl mich ganz wohl bei den Blumen.

Sie steigen weiter hoch, das enge Tal öffnet sich, gibt eine Hochebene frei, karg und doch in einem sanften, hellen Grün. So frisch dieses Grün, man kann es einatmen, es befreit die Nasen. In der Ferne eine Gruppe kleiner Gebäude, zu ihrer Seite am hohen Felsen ein blendend weisses, senkrechtes Band, ein zartes Rauschen verrät das Schäumen von Gletscherwasser. Von den Bergspitzen fällt eine Brise, aber sie vermag den Köpfen in der Wandergruppe keine neuen Gedanken zuzutragen. Alle drei sind gefangen in sich, sie zweifeln nicht, dass sich ihre Erwartungen erfüllen werden. Endlich werden andere Zeiten anbrechen, die das Alte hinter sich lassen, Zeiten ohne die Kiesel der Trübsal in ihren Getrieben. Mit so viel Geld lässt sich doch vieles anstellen – was denn vieles? Alles!

Maxima denkt an ein Leben ohne jegliche Sorgen, an den Schnitt, den *Cut*, wie sie sagen würde. Der Sonne und den Hotspots nachreisen, kaufen, was einem schmeichelt und ins Auge sticht – Apartments, Schmuck, Klamotten - und ausgehen, oder besser noch in Erscheinung treten, wo man will. Kurz, das Leben nur von der edlen Seite nehmen. Sie hat es verdient, denkt Maxima, nach einem Leben mit einem fernen Vater und einer Mutter, die viel zu früh starb. Die Brise vom Berg ist die Brise am azurblauen Meer, dort, wo der Jetset sich trifft. Sie wird sich kein Gewissen machen, sie wird sich gar keines mehr leisten, sie wird unbekümmert durchs Leben schweben, bye-bye Vergangenheit. So glaubt Maxima, wird es zu ertragen sein, so wird sie sich mit der Dumpfheit des Lebens arrangieren können.

Alfons ist da nüchterner, er mag sein Bankerleben. Hingegen, aus dem Zustand des Juniors finden, es wär höchste Zeit. Wozu hat er sich abgerackert, all die langen Jahre, ohne Freizeit, ohne Leben neben der Firma? Zeit also für das stattliche Haus und Bedienstete, welche Frau und Kindern das Lästige abnehmen. Statusgerecht endlich auch das Auto, in der Klasse der Limousinen. Der Rest ergäbe sich. Die Chefs – einmal in seiner Villa am Tisch – würden ihn in ihren Kreis aufnehmen, er gehörte dazu, es zöge ihn wie von selbst an die Spitze, als beförderte ihn eine Rolltreppe nach ganz oben in die Höhenluft des Konzerns. Er spürt es in den sportlichen Wanderwaden, er ist gemacht fürs Hochklettern, er atmet die Brise ein, sie passt ihm sehr die Höhenluft.

Nur der Konstantim ist andersherum gewickelt, er schleppt schwer, sein Gang ist mühseliger geworden. Die Siegel der Vergangenheit, der Klosterzeit und der Jugend, ältere gar sind wieder da, wie Gesteinsbrocken haben sie in seinen Rucksack gefunden und ziehen unerbittlich nach unten. Er weiss nicht, ob es klug ist, der Häusergruppe zuzustreben, er weiss nicht, ob die Brocken noch schwerer wiegen, wenn er ins Tal zurückkehren wird. Aufgebrochene Siegel schweisst man nicht wieder zu. Umkehren aber kann er nicht, will er nicht. Er kennt Maxima und Alfons nicht gut, auch sich selbst nicht sonderlich, aber er steckt in einer Geschichte mit seinen Halbgeschwistern, die er nicht verlassen kann. Dieser Siegel wegen. Er spürt die Höhenluft, aber er merkt, sie trägt ihm den Schweiss nicht weg, sie vermag ihn nicht zu kühlen.

Im Berghotel ist alles überraschend angenehm, Maxima fällt ins Schweigen. Gemütliche Zimmer, das Holz duftet nach Heu, Lebkuchengewürzen und getrockneten Zitronen. Nur

unweit von den Gebäuden der Wasserfall, ein Hypnotiseur, er berauscht, selbst wenn sich das Auge abwendet, er strotzt aus dem Berg hervor, als erfände er das Wasser und stiesse es theatralisch in seine fliessende Form. Am Abend bereitet das Berghotel den Gästen eine Kräutersuppe, Distelöl und getrocknete Pilze aus dem Tal haben sie angereichert. Dann gibt es Eintopf mit Linsen, Wurzelgemüsen und Würfelchen aus hartem, mehrjährigem Bergkäse. Und zum Erstaunen der Einkehrer einen Nachtisch: Beerenbrot und Splitter schwarzer Schokolade. Wer will, tränkt die Brotstücke in den Schnaps der Kräuter aus der Hochebene.
Der Notar hat mitgegessen, er hat sich mit Vornamen vorgestellt, er sei der Ernst, man solle ihn so nennen.

***

(Das Ende dieses ersten Tages)

Noch am Abend bittet Ernst an den Kamin, er hat einfeuern lassen. Seine Worte sind leise, ohne Musik, aber sie sind auch bestimmt, sie haben einen Auftrag zu erfüllen. Ernst erläutert, was nun geschehen wird, in den Abendstunden und an den zwei folgenden Tagen, er tut es bündig, er hält sich an das Notwendige, er lässt die Begründungen aus, Gesetz sei Gesetz, eben nicht antastbar. Vom Zeremoniell lasse sich nicht abweichen, ausserdem wolle es C.Ovid so, er glaube doch sehr, dass dem Verstorbenen der Respekt gebühre, erst recht im Rückblick und in der Vollstreckung seines Willens, und ausserdem gedenke er nicht, das eigene Versprechen zu brechen, nicht als Mensch und schon gar nicht als Notar, er habe ein Mandat, es sei zu vollziehen.

Eine Viertelstunde braucht der protokollarische Einstieg, dann zieht Ernst aus seiner Aktentasche eine Mappe hervor, entnimmt ihr einen Blätterstapel und legt ihn direkt vor sich auf den Holztisch. Die Blätter sehen schäbig und zerknittert aus, man hat sie von Hand beschrieben.

Auf Geheiss des Verstorbenen öffne er noch eine Flasche Wein, aus dem Erbe und aus alten Zeiten, erklärt Ernst und verteilt edle Gläser, die er auf die Alp hat bringen lassen und nun langsam befüllt. Dunkel schimmert es in den Kelchen, des fahlen Kerzenlichtes wegen, Maxima stösst mit den anderen an, aber sie stellt ihr Glas zu Boden, ohne zu trinken. Dann nimmt Ernst den Stapel zur Hand, bezeugt, dass er C.Ovids Testament in Händen halte, und beginnt zu lesen, etwas lauter und in irritierend feierlicher Weise. Er liest im Lichte einer starken Taschenlampe zwei Stunden lang. Es steht da:

Am Anfang meines Lebens war Krieg. Der Krieg hat mir auf der Stelle alles weggenommen, was ich hatte: meine Eltern, eine Schwester, die ganze Familie. Ich habe Glück, dass ich überhaupt weiss, was ich hier aufschreibe, weil ich mich nicht an die Anfänge erinnere, ich war zu klein, nur andere konnten mir später vieles erzählen. Ich habe mein Leben als Waise begonnen, eine Vollwaise war ich. Das Hilfswerk hat mich vermittelt, zu Bauern kam ich, viele Male, es hat nie lange gehalten, schon befand ich mich wieder auf einem neuen Hof. Ein Erbe, das hatte ich nicht. Ich weiss nicht, was meine Familie mir auf den Weg gegeben hätte, wenn das Schicksal sie nicht ausgelöscht hätte.

Ernst liest weiter und C.Ovid holt aus, er bleibt schnörkellos in der Sprache, aber lässt keinen Abschnitt seiner Kindheit und Jugend aus, erzählt vom kümmerlichen Leben auf dem Land, davon, wie er keinen Zugang fand, nicht zur Arbeit auf dem Feld und im Stall, nicht zu den Tieren und schon gar nicht zu den Menschen. Und wie er floh aus dem Armutsleben, in dem die Kargheit das Essen und den Schlaf prägte und in dem es dazwischen nur die Schufterei gab, dreckige Schufterei. Wie er jedoch sein Talent entdeckte, der Misere stets aufs Neue zu entkommen und den Menschen jene Dinge zu verschaffen, nach denen sie sich verzehrten. Kaffee zuerst, Schokolade, später Kleider und schliesslich Wohlstandsdinge wie Spielsachen und Schminke und Schmuck. Noch keine zwanzig und schon sei er Trödler gewesen, mit der Karre durch die Dörfer ziehend, dann Teilhaber und schliesslich Inhaber eines Handelsgeschäftes in der Hauptstadt. All das Herumgereichtwerden als Bub habe ihm das menschliche Sehnen erschlossen, er sei schweigsam gewesen, aber hingeschaut habe er, und vor allem zugehört, schliesslich habe er wie kein Zweiter gewusst, was den Leuten fehle, welche Annehmlichkeiten sie um jeden Preis wollten.

(Ernst nimmt einen Schluck Wasser, dann ertönen wiederum C.Ovids Worte)

Grossen Erfolg hatte ich, wie verrückt liefen die Geschäfte. Ich war nur für meinen Warenhandel da, Tag und Nacht. Keine Überraschung also, dass die alte Einsamkeit meine Begleiterin blieb. Sie war mir so vertraut, so treu, ich wollte sie gar nicht abschütteln, vermisst hätte ich sie. Die Dinge waren eingespurt und sie hätten ihren weiteren Lauf genommen, wenn nicht geschehen wäre, was ich nie erwartet hätte, wenn nicht Mila meinen Weg gekreuzt hätte. Mila mit ihrem Zauber. Was hat sie für einen Hunger gehabt auf das Leben, auf das Spiel, auf die Reise ins Ungewisse! Und wir haben zugelangt wie Trunkenbolde, haben uns nichts verwehrt, auch nicht uns selbst. So ist das Leben erblüht und hat sich vermehrt, Hals über Kopf warst du da, Konstantim. Wir haben uns nichts dabei gedacht, aber da warst du wie ein kleiner Fels, den man nicht verrücken kann. Bestehen wollten wir mit dir, unserem Sohn und kleinen Buben, als junge Familie. Alles schien zu gelingen.

(Ein Knarren im Raum) Konstantim steht unvermittelt auf, bittet um einen Moment, legt Holz ins Feuer nach, mehr als genug, sieht den Flammen beim Auflodern zu und setzt sich wieder. Einen Stuhl weiter hat es sich die Maxima anders überlegt. Sie trinkt jetzt doch vom Wein, leert in zwei Zügen ihr Glas, lässt es nachfüllen und behält es in der Hand. Ernst wirft einen Blick in die Runde, die er der Düsterkeit wegen kaum erkennt, räuspert sich und setzt die Lesung fort, auch sie führt ins Düstere:

Mila erkrankt, klagt über Schwindel, die sie hinterrücks befallen, immer heftiger, immer häufiger. Der Vater ihres halbwüchsigen Kindes kann seine Handelsgeschäfte nicht lassen, will sie nicht lassen, arbeitet härter noch, sodass er Hilfe in seinen Haushalt bestellen kann. Mila wird fortan umsorgt, von Bediensteten, deren Dienste nichts nützen wollen. Sie fällt Stück für Stück aus dem Leben ins Unglück, ihre Glieder erlahmen, ihre Augen erblinden, ihr Geist zerfällt. Bis es sie nicht mehr gibt, die Mila, bis die kleine Familie so nicht mehr ist.

Wieder wurde genommen, wie im Krieg. Nur die alte Einsamkeit verharrt, die treue Begleiterin ist wieder dicht an der Seite des C.Ovid. Übrig bleibt ebenfalls der Konstantim, wenn auch anderswo, er gelangt in die Obhut der Mönche, sein Klavier darf er mitnehmen, auf dem er gespielt hat, mit dem er zu seiner Mutter sprach in eigens erschaffenen Klängen und Melodien, bis sie starb.

(Stechender Geruch im Raum) Ernst unterbricht, schlägt eine Pause vor, den Gang vors Haus an die Nachtfrische, man müsse dem Feuer etwas Beruhigung geben, der Stube reine Luft zuführen, viel gebe es an diesem Tag nicht mehr vorzutragen, zwei, drei Seiten noch. Die übrigen Teile des Testaments würden nach der Nachtruhe und am dritten Tag folgen.

Zwanzig Minuten vergehen, nicht aber die Beklemmung der Herzen in der Alpstube. Noch einmal an diesem Abend lässt C. Ovid das Wort ergreifen, es spricht sein Medium Ernst:

Ein Zuhause gab es nicht, nicht für mich, nicht nach meiner Jugend, nicht nach Milas zermürbendem Zerfall. In der Not habe ich erneut die Welt aufgesucht, diesmal die ganz grosse, ich konnte überall sein, irgendwo, was hat es für eine Rolle gespielt? Vagabund bleibt Vagabund. Niederlassungen habe ich eingerichtet, eine nach der anderen, gehandelt habe ich mit allem, was nachgefragt wurde, mit allem, was sich in meinen Augen gelohnt hat, will sagen tüchtig gelohnt. Edle Stoffe, Teppiche, Tabak, Luxusgüter. Edelmetalle kamen dazu, Blei beispielsweise oder Quecksilber und Cadmium, sie wurden zu meinem Hauptgeschäft. Und weil ich die Märkte kannte, habe ich mir auch die Börsen zu Nutze gemacht, über andere Firmen meines Portfolios, mit Termingeschäften, die auf Handelspreise in der Zukunft spekulieren.

(Ernst nimmt einen Schluck Wasser, dann liest er weiter)

Unterdessen wuchs mein *Head Office* an, Sonia liess sich als meine rechte Hand anstellen und hatte bald die Zügel im Griff. Sie war gut, in jeder Hinsicht. Eine Topjuristin, phänomenal. Ich habe ihr mit den Jahren alles geschenkt, was sie sich wünschte, exquisiten Luxus, Einfluss im Unternehmen, mein ganzes Vertrauen. Und wenn man so will, auch die Kinder, auf die sie nicht zu verzichten gedachte. Um alles in der Welt wollte sie euch haben, Maxima und Alfons. Auf ihr Bitten hin habe ich die Vaterschaften anerkannt, auch wenn sie so nur auf dem Papier entstanden. Die Verpflichtungen gegenüber Sonia, aber auch gegenüber euch, die ich damit auf mich lud, waren mir bestimmt eine Ehre. Also habe ich das Wort gehalten, das ich Sonia gab. Sie war in der Lage, euch alles zu ermöglichen, restlos alles. Bezeugen würde sie es, wäre sie noch hier, hätte sie nicht ihr Leben gelassen, damals im Sturm, im Landeanflug und Crash unserer Firmenmaschine. Ja, auch dieses Kapitel meines Lebens endete im Tod, wie alle anderen zuvor, nicht nur die Einsamkeit hat sich an meine Fersen geheftet, auch der Tod, der gierige Tod.

Hell, do I get this right, Brüderchen, Alfie, *did you hear, what I heard?* Ist das zu fassen? *I be damned!* – Maxi, lass mir gerade etwas Zeit, lass uns das später… – Hat der Alte uns gerade die Vaterschaft aufgekündigt, rückwirkend quasi, uns moralisch enterbt oder was? Schuldigkeit gegenüber unserer Mutter und ihren Kukuckskindern längst getan? Macht er jetzt einen *fucking* Rückzieher? – Maxi, ich weiss gerade wirklich nicht, was ich sagen soll, okay? Aber ich werd mir den Rest jetzt anhören, jetzt erst recht. Dad – oder wie soll ich ihn jetzt nennen? – hat nur erzählt bis jetzt, mehr nicht, er hat noch nicht verfügt, noch nicht verteilt. Ernst, lesen sie weiter, wir ziehen die Sache jetzt durch.

Ernst bleiben für den Rest des Abends noch ein paar Abschnitte im Testament, sie fassen lange Jahre zusammen, in denen C.Ovid überall auf dem Globus mit den Superreichen und Allermächtigsten beste Kontakte aufbaut, die er ausgiebig nutzt, er wird enorm einflussreich. Die Firma wächst zum Imperium, dem er sich rund um die Uhr widmet, etwas anderes gibt es daneben nicht, es findet sich kein anderer Antrieb. C.Ovid tut, was er immer getan hat, er macht sich alles zu Nutze, was er von den Menschen und über ihre Bedürfnisse erfährt, er weiss, wie sehr sie sich nicht zufriedengeben, mit dem, was sie haben, dem in ihren Augen stets allzu Geringen. Ein Luxus muss in den nächsten, noch üppigeren münden, ein einträgliches Geschäft muss stets ein rentableres nach sich ziehen, als wärs eine Gesetzmässigkeit.

Dann beschliesst Ernst den Abend, C.Ovid werde am nächsten Tag berichten, wie es weiter ging und wie die Geschicke seines Lebens ihrem Ende zustrebten.

Im Dunkel der Nacht und der kleinen Welt am Berg ohne Strom und Komfort, im Dunkel verwirrter Gefühle suchen alle ihr Lager auf. Keiner schläft gut, lästig lärmt der Sturzbach.

(Der zweite Tag am Berg)

Am nächsten Morgen nach dem Frühstück bittet Ernst zur Wanderung. Weiter oben am Berg beim Gletschersee werde er den nächsten Teil vorlesen, so sein Auftrag. Sie steigen hinauf, durch Geröll und Felseinschnitte, bis an die Zunge des Gletschers, der in den See abbricht. Silbern, metallisch schimmert die Wasserfläche, als wolle sie nichts preisgeben, als hätte sie ein Innenleben zu verbergen. Die Einberufenen und ihr Zeremonienmeister setzen sich unter mannshohes Gestein, welches das Eis in Urzeiten rund geschliffen hat. Die felsige Masse schützt vor der Brise und speichert die Wärme einer matten Sonne, man mag sich setzen und ruhen. Kein Wort im Aufstieg, auch jetzt will keines fallen. Ernst verteilt warmen Tee aus Bergkräutern, das würzige und bittere Aroma tut gut in der Landschaft, welche nur aus hellen

Farben besteht: Felsen, Firn und Firmament, alles nahe an einem diffusen Weiss. Wieder zieht Ernst den Blätterstapel hervor, wieder führt C.Ovid das Wort.

Von einem Tag auf den anderen hatte ich genug. So wie einem plötzlich der Appetit vergeht, ohne dass man weiss, warum. Ständig auf Achse, von Metropole zu Metropole, von einem Verwaltungsrat zum anderen, dazu die vielen Einladungen hinter den Kulissen in die abgeschotteten Clubs und Domizile der Reichsten der Welt, es ging auf einmal nicht mehr. Mein Riecher war weggeputzt, ich wusste nicht mehr, wie ich ihren Rausch maximieren soll. Und ihre Geilheit auf Gewinn und Macht. Was mir noch einfiel, hat mich masslos gelangweilt, so banal war der Grund für meinen Ausstieg. Ich habe meine Firmen und Anteile verkauft. Schnell gings. Ich hab es anderen überlassen, neue Geschäftsfelder zu erfinden. Diese anderen müssen nun wissen, was die Menschen noch zufriedener machen wird und wo sie den Wohlstand der Begüterten noch steigern können mit verrückten Dingen wie smarten Robotern, Flügen in den Weltraum oder jugendlicher Potenz bis ins hohe Alter.

(Ein Windstoss knickt die Blätter des Testaments, Ernst streicht sie wieder flach und greift sie fester, er liest weiter)

Ich stand da mit viel Geld, sehr viel sogar, ein Vermögen über jenem der Vorstellung. Und so schlagartig, wie ich mit allem aufgehört hatte, so schnell stand fest, wohin all das Geld gehört. Nein, nichts hat mich erleuchtet, es gab keine Eingebung von oben, es lag auf der Hand oder einfach in mir, eine grosse Gewissheit, nicht die Spur eines Zweifels. Immer wieder hatte ich erfahren: Der Mensch will wahnsinnig viel, will besitzen und keine Sorgen haben, will schön sein und den anderen überlegen, braucht Status, Glanz und Glamour, aber wenn das Eine fehlt, dann zählt all das andere nicht mehr. Ein einziges Gut ist das Fundament, ist das Ein-und-Alles. Je älter man wird, umso mehr fragt man danach. Ihr habts erraten: Die Gesundheit, die Fitness fürs Herz und Hirn, um die Fülle des Lebens uneingeschränkt geniessen zu können. Absolut banale Einsicht, ich weiss, aber umso besser, ich war glücklich, eine Klarheit zu haben wie nie zuvor.

Ernst legt die Blätter in seinen Schoss, trinkt etwas Tee, wischt seinen Mund mit einem Taschentuch ab und schildert nun in eigenen Worten, aller Ruhe und ausführlich, was mit dem vielen Geld seines Mandanten geschah und wie er dabei assistiert habe. Angesichts des eigenen Todes habe C.Ovid eine ganze Reihe von Stiftungen errichten lassen und einen Grossteil seines Vermögens in diese überführt. Er beschreibt ihren Zweck, es seien Fonds für die medizinischen Fakultäten der Universitäten und ihre Forschung, ob für Grundlagen oder angewandt im klinischen Bereich, sie stünden demnach auch allen Universitätsspitälern weltweit offen. Seit einiger Zeit flössen nun schon Beträge, stets grössere Summen, man wisse genau, wie die Kriterien der Vergabe anzuwenden seien und die berechtigten Institutionen hätten die finanziellen Pools vollauf entdeckt.

Über das, was übrigbleibe, was also nicht den Stiftungen zugekommen sei, habe C.Ovid zum Schluss des Testamentes verfügt, in unanfechtbarer Weise, alle Anwesenden hätten ihr Erbe angenommen, er werde eröffnen, wem in die Hände falle, was dort auf den letzten Seiten in den Einzelheiten stehe. Das sei nun aber für den letzten Tag vorgesehen, für den Tag der Abreise.

(Stille, aber nur kurz) Maxima reisst ihre mitgebrachten Sachen an sich, würgt sie in den Rucksack und stürmt davon.

Alfons beschliesst kurzum, ihr nachzusteigen, packt auch seine Sachen und verabschiedet sich, er werde Maxima einfangen. Konstantim fragt Ernst, ob er Lust habe, die Wanderung noch etwas auszudehnen, der Tag sei angenehm und es ziehe ihn in die Tiefen der Landschaft, er spüre ein wundersames Gefühl des Aufbruchs in sich. Ernst willigt ein.

(Der dritte Tag, vor der Abreise, in der Stube des Berghotels)

Maxima, Alfons und Konstantim sitzen da und schweigen, Ernst verliert keine Zeit, er liest zügig ab. Auch C.Ovid redet nicht um den heissen Brei herum. Kurz ist die Bescherung, aber unfassbar die Ernüchterung, auch wenn sie zu erwarten war: Es gibt drei gleiche Teile vom nun fast schäbigen Rest, von dem nämlich, was nicht in den Besitz der Stiftungen überging. Es ist – gemessen an C.Ovids früherem Reichtum – wenig, aber es hätte manch anderen hoch erfreut, es würde ausreichen, um ein bescheidenes Erdendasein zu versüssen. Ernst nennt die Summen, sie haben ein menschliches Mass, man kann sie umrechnen, auf Geld für eine weite Reise, auf einen gehörigen Zustupf in die Altersvorsorge oder auf die Erneuerung des eigenen Heims. Aber man fällt in keinen Schwindel, die Beträge führen nicht in andere Sphären, nicht in ein neues Bewusstsein. Und einmal noch spricht C.Ovid:

Konstantim, für dich noch die Tagebücher von Mila, meiner wilden Mila. Tausendmal habe ich sie in die Hände genommen. Nie habe ich eine Seite gelesen. Ich habe das nicht zustande gebracht. Das ist jetzt deine Aufgabe. Versprich mir, dass du sie lesen wirst. Ich weiss, Mila will das. Du warst alles für Mila und sie hat zu allen und allem dasjenige gesucht, was ich leider nicht ertrug: die Nähe.

Alfons, zu dir. Du weisst, ich wollte kein Zuhause, mich niederzulassen, hätte ich nicht fertiggebracht. Ein Uhrenfabrikant im Jura aber, der in Zahlungsnöten war, hat mir vor langer Zeit für meine gelieferte Ware ein abgelegenes kleines Haus überlassen, inmitten von Kalkabbrüchen und urtümlichen Tannenwäldern, seine Familie nutzte es nicht mehr, Ferien macht man anderswo. Mir aber war es wohl im Jura, ich war überrascht, es kam vor, dass ich dort ein wenig Ruhe fand. Ich glaube, es wäre etwas für dich, deine Frau und die Kinder. Versprich mir, zu diesem Flecken zu schauen, er hat eine Kraft, für die ich keine Erklärung habe. Das kleine Haus gehört dir.

Maxima, du wirst schon ganz ungeduldig sein, ich bedaure das. Und ich bedaure ebenso, nichts Anderes für dich zu haben. Es ist nichts mehr da. Ich erhöhe deine Summe noch etwas. Du wirst nichts dagegen haben.

Das wärs, meint Ernst. Abrupt das Ende, mehr stehe da nicht. Keine guten Wünsche, keine Abschiedsworte. Der alte C.Ovid, so sei er nun mal gewesen, schiebt Ernst nach.

(Abstieg ins Unterland, zurück)

***

(Was mit Maxima geschah)

Einen dieser Bahnhöfe hat Maxima ausgewählt, einen ländlichen, an dem kaum ein Zug hält und alle anderen wie Geschosse vorbeipfeifen. Ganz vorne auf dem Perron steht eine Bank, unter freiem Himmel, keiner nutzt sie je, nur Maxima sitzt jetzt da gedankenlos. Es ist nicht mehr lange bis zum nächsten Zug.

Die Alp hat ihr alles genommen. Der Boden unter den Füssen ist weg. Einen Moment lang hat sie im Abstieg vom Berg gespürt, wie die Wut und die Verzweiflung einen Weg suchten, in ihr aufzuflammen, aber die aufwieglerischen Gewalten hatten kurzum aufgegeben, es liess sich nichts mehr entzünden, es liess sich nichts mehr verzehren. Seither regt sich nichts mehr in Maxima, sie findet keine Worte mehr für dieses Nichts, Leere wäre schon zu viel gesagt, denn eine Leere liesse sich umfassen und hätte Grenzen. Alles hat sich aufgelöst. Das Leiden hat ein Ende.

Nur die Gewissheiten sind geblieben, wie grossflächige Brandflecken am Seelengewand: Die alte Maxima gibt es nicht mehr, *she's gone for ever*, die neue wird es auch nicht geben, nicht nach der Alp, nicht mit diesem Krümel von einem Erbe. Dabei hätte das Timing gestimmt: Dads Tod kam zur richtigen Zeit, jede Faser in ihr war bereit für den Neustart, den *Reboot*, für das Katapult in die Zukunft ohne Schranken, ohne Mühsal, ohne Abrackerei.

Ihr altes Leben hatte sich totgelaufen, sie hatte zuerst seine Verfallszeit verleugnet und hinauszuschieben versucht, sie hatte nicht glauben wollen, dass das junge Volk selbst weiss, wie es ausgelassen feiern will, sie hatte nicht wahrhaben wollen, dass sie der Jugend nicht mehr angehörte, schon lange nicht mehr. Überflüssig war die heisse Maxima geworden, das junge Blut der Vergnügungssüchtigen liess sich an den Partys und Raves, die sie und ihr Team in den touristischen Hochburgen aus dem Boden stampften, nicht mehr erhitzen, es suchte sich andere Wege, es wollte an anderen Orten aufwallen, an anderen Hotspots.

Schon vor der Alp hatte Maxima einen schweren Stand in der Event-Agentur, ihre Projekte brachten kein richtiges Geld mehr ein. Jetzt hat sie ihre Arbeit gänzlich liegen lassen, sie hat sich bei den Kollegen nicht mehr gezeigt. Dabei hatte sie alles so geliebt, als ob es von Dad auf sie abgefärbt hätte, dieses Vagabundenleben und das Aufpoppen überall in der Welt, sie hatte den Rausch durchtanzter, flippiger Nächte geliebt, den sie sich und anderen beschert und dem sie sich mit Haut und Haaren verschrieben hatte.

Mit Dads Reichtümern hätte sich alles ändern lassen, wären sie noch hier und nicht in irgendwelche Stiftungen geflossen. Wie unbegreiflich, weg ist das grosse Geld, verschwunden! Dabei hätte es doch anders werden können, so grundlegend anders. Die Agentur wäre in ihren Besitz gelangt, dafür hätte Maxima gesorgt, sie hätte sie vollauf unter ihre Kontrolle gebracht und sich von den alten, alltäglichen Kunden verabschiedet. Neu hätte es Fashion Shows gegeben, Art Performances, vielleicht Exklusivkonzerte, was auch immer, das Ganze einzig für die Klientel ihrer eigenen Klasse, die neue Top-Klientel ohne jegliche Sorgen. Sie hätte nur aus dem Hintergrund die Fäden gezogen, sie hätte sich noch ein paar Hochglanzmagazine dazugekauft, nicht die Ausgaben am Kiosk, nein, gleich die Verlage im Hintergrund, sie wäre ab und an in ihren *Boards* gesessen und ansonsten wieder herumgezogen, durch die funkelnden und angesagten *Locations* der Welt, sie hätte dazugehört auf den roten Teppichen, im Blitzlichtgewitter, sie hätte sich dem grenzenlosen Flow der High Society hingegeben.

Auf all das lässt sich nicht verzichten, ein Leben ohne Komfort – *High End, of course* – ein Leben ohne *Raffinement*, ohne den abgehobenen Kick, das will Maxima nicht. Sie hat ihn immer mitgemacht, den letzten Schrei, sie ist ihm immer gefolgt, es geht einfach nicht ohne ihn.

Der Schnellzug rauscht heran, ungebremst. Maxima steigt auf die Geleise. Sie schreit. Erstmals, ihr letzter Schrei.

(Was mit Alfons geschah)

Wie er sie vermisst, seine Schwester. Und wie er bedauert, ihr nicht näher gestanden zu haben. Er weiss um die Kleinheit seiner Gefühle, dass er ihnen nicht traut und sie nur langsam grösser werden lässt, wenn überhaupt, und er weiss, wie sehr er sie für sich behält. Deshalb ist er Banker geworden, da geht es um Zahlen und vor allem um Diskretion. Man trägt immer das gleiche Gesicht, ein Pokerface, vielleicht etwas Gel im Haar, ein Touch Jugendlichkeit macht sich heute gut, die Kunden wollen alles, Seriosität, aber auch Lockerheit.

Maxima entsprach dem puren Gegenteil, das Herz auf den Lippen, ein Herz, das immer noch mehr rasen wollte, das glaubte, irgendwo in der weiten Welt müsse das Leben doch noch lebendiger sein, so richtig lebendig. Alfons vermisst ihre Dreistigkeit, sie war seine Pippi Langstrumpf, er war ihr gerne hinterhergerannt und er denkt, er hätte seiner Pippi helfen können, er hätte ihr die Zöpfe wieder aufgerichtet, er hätte ihr erklären können, dass Zauberkräfte manchmal nur schlummern. Jetzt schlummert seine Maxi, gross ist der Schmerz.

Die Urne mit ihrer Asche hat einen Ehrenplatz. Alfons hat ihr im Jura einen Schrein errichtet, in den Kalkfelsen der kurzen Klus. Man erreicht den Ort in fünf Minuten, zu Fuss und durch den Tannenwald hinter dem kleinen Haus, das ihm Dad überlassen hat.

Überhaupt ist ihm da wohl im Jura, und er will sein Glück nicht begreifen, auch seine Frau fühlt sich wohl, noch mehr, den beiden Söhnen gefällts. Mit dem einen zieht er in der Gegend herum, sie entdecken einen Felsen fürs *Bouldern* nach dem anderen. Er hat ihm beim freien Klettern von sich zu erzählen begonnen, von seiner Kindheit und der verrückten Maxi und wie er sich wieder und wieder an einem neuen Wohnsitz vorgefunden und er ein solches Leben an vielen Orten eigentlich nicht vertragen habe. Sein anderer Sohn hat das Lesen entdeckt, er liest Kafka und ist viel zu jung dazu, die Ärztinnen sagen, er habe eine Entwicklungsstörung, im Autismus-Spektrum, man weiss es noch nicht genau. Die Diagnose, die sich anbieten wird, will Alfons vorläufig gar nicht erfahren, er will sich ein eigenes Bild machen, er liest seinem Sohn den Kafka jetzt vor, er hat ihm auch C.Ovids Testament vorgelesen, obwohl ihm seine Frau davon abgeraten hat. Manchmal reden sie ein wenig nach der Lektüre, manchmal auch nicht.

Das bisschen Erbe hat Alfons ins kleine Haus gesteckt, es hat jetzt eigenen Solarstrom und eine Wasserzisterne, in der eine Kuhherde Platz fände. Er weiss nicht, warum das Loslassen so simpel war, vielleicht hat ihm einfach die Alp gefallen, diese Kraft des Grüns auf der Hochebene, diese drei Tage weg von der hermetischen Bankenwelt, vielleicht war es die alte Gewohnheit, das alte Ritual, verpflanzt zu werden, heimatlos zu sein. Millionen futsch, was solls, schauen wir uns mal das Jura-Häuschen an. Und dort war es wieder, das frische Grün, wenn auch etwas dunkler, dafür würziger, er mag den Harzgeruch, kaum etwas betört ihn so sehr wie Harz. Die Bäume holen es aus ihren Wurzeln, tief aus dem Boden. Ein Klebemittel, auch gut. Es klebt jetzt die Teile des Familien-Puzzles zusammen.

Im Job hat er zurückgesteckt, Teilzeit geht auch. Er hat sich umschulen lassen, auf Nachhaltigkeit. Er trimmt seine Bank jetzt auf neue Werte, viel *Green Washing*, er weiss es, aber besser als nichts. Und er mag auf einmal diese Narrenrolle im Betrieb, er macht es auch Maxi zuliebe, er trainiert sich jetzt Frechheit an, dreist will er nicht werden, aber frecher schon.

(Was mit Konstantim geschah)

So einfach war es nicht. Er hat die Energie schon zusammensuchen müssen, um sich den Siegeln zuzuwenden. Es ist, als klebten sie förmlich auf den Tagebüchern seiner Mutter, als müsste ein Schweisser sie loslöten. Oft hat er die abgegriffenen Einbände bereits in Händen gehalten, seine Finger über sie streichen lassen und an ihnen gerochen, Einband um Einband, im Zeitlupentempo. Schliesslich gab er sich den Ruck, vier Monate liess er konzertfrei halten, er ist zurückgekehrt in die Berge, er hat sich ins Hotel im Tal ein Klavier bringen lassen, welch Glück, man weiss dort nicht, wer Konstantim Ovid ist.

Täglich steigt er in die Hänge, in die Wälder, an die Bäche und sucht stille Orte. Er nimmt sich Zeit, er liest bedächtig, bereits zum zweiten Mal durchwandert er die Tagebücher. Eine grosse Ehrfurcht überwältigt ihn, die Tage sind dicht, sie wühlen ihn auf, zutiefst. Seine Mutter sucht ihn auf, sie spricht zu ihm in mannigfaltigen Gesichtern, die alten Melodien kehren zurück, jene Stimmen, die er schon einmal zu vernehmen glaubte, als Mutter bettlägerig war und er das Vernommene auf dem alten Klavier zum Tönen brachte. Lange ist es her, er war ein Kind. Nun verwandeln sich die Klänge, sie werden alles Mögliche, breiter, lauter und farbiger, verworrener, kecker auch, sie verbinden sich ungefragt mit den Vogelstimmen, den Erinnerungen an die Blumen und den scheuen Düften der Natur.

Unfoldings nennt Konstantim seine neuen Klavierstücke, Entfaltungen. Ein *Unfolding* für jede Mutter, die ihm da in den Tagebüchern begegnet. Die Tänzerin zum Beispiel. Wie hat die Mila ihr Gegenüber zum Mitspieler gemacht, es umschlungen und verführt, es in jede erdenkliche Verbiegung und ins Schwitzen gebracht, sich ihm aber auch hingegeben und sich mitnehmen lassen. Manchmal waren es Menschen, aber nicht nur, Mila hat mit allen und allem getanzt, mit dem Licht und der Dunkelheit, mit der Schönheit und mit dem Tod.

Mila, die Taucherin. Mila, die Luftanhalterin. Mila, die Tiefenschweberin. Sie konnte das, unter die Oberfläche gehen, ins Trübe vorstossen und dort auf die Überraschung warten, das Traumhafte, den Wahn, das Übersinnliche. Ihr Erblinden war so ein Abtauchen, in vergangene Bilder, verschwommene, untermalt von den Klängen aus dem Klavier, von Konstantims Unterwasserströmungen.

So erlebt Konstantim viele Begegnungen. Er wandelt sie alle in Musik um. Er beschliesst den Zyklus mit der Abenteurerin, in dieser Facette hat ihm seine Mutter am besten gefallen. Nicht alle *Unfoldings* bewegen ihn gleich stark, nicht in allen ist die Mutter ihm verwandt, aber in der Entdeckerin entdeckt er sich wortwörtlich wieder, in diesem Erbe ist er unendlich zu Hause. Und er weiss, dass er darin bleiben wird, er will dem Unerwarteten als Mila begegnen, unvoreingenommen und duldsam, aber auch neugierig und hellwach. Das hat seine geliebte Mutter unglaublich hingekriegt, ohne Auflehnung und doch voller Gestaltungsdrang.

Noch einmal nimmt Konstantim das Testament des C.Ovid in die Hand, noch einmal beschleicht ihn eine seltsame Traurigkeit. Voller Schrecken ist die Geschichte, findet er, voller Entfremdung, voller Hässlichkeit. Aber sie führte zum Berg und zu den Tagebüchern, also weiss Konstantim, dass er aus allem schöpfen muss, auch aus dem Abgrund.

Er legt das Testament ins letzte Tagebuch der Mutter, zwischen die Seiten, und umschliesst die Bücher mit seinen Händen, den kraftvollen Pianistenhänden.

Verzählung Nummer fünf

Sündflut

Tot ist die Maxima, mausetot.

Das war sie, weiss Gott, nicht immer schon, auch wenn lebendig nicht wirklich ihren Zustand trifft, als sie noch lebte. Damals.

Maxima begriff früh, von Kindsbeinen an, dass die Welt vor die Hunde geht. Der Vergleich ist nicht ohne, glaubt sie: Die Tiere, die Insekten und die Käfer, die Viecher, denen nicht einmal der Atom-GAU etwas anhaben kann, sie werden es schaffen, womöglich, aber der Mensch? Da ist Maxima für einmal nüchtern, darüber hat sie lange nachgedacht und nur eine Erkenntnis felsenfest erlangt: Wer so ohne Sorgfalt und jegliche Schonung mit allem umspringt, was ihn umgibt, den wird auch nichts und niemand schonen, nicht der Mitmensch, der ebenso rücksichtslose, und nicht die übrigen Gewalten, man nenne sie Natur und nach Maxima: *the fucking fate, whatever that may be*.

Lange hat Maxima nicht leer geschluckt. Muss man geradestehen für Dinge, die man sich nicht selbst eingebrockt hat? Muss man eine Welt erklären können, die ein Gleichgewicht nach dem anderen verliert, ohne neue zu finden? Und befand sich nicht immer schon alles im Fluss? Maxima kriegt die Metakatastrophen alle mit, sie sieht, wie radikal und atemberaubend es die Zerstörung draufhat, sie sieht die Verzweiflung der Menschen, wenn sie alles verlieren, im schweren Unwetter, im Massaker oder Niemandsland und wenn sie sich den Potentaten zuwenden, die ihnen zum Schluss wegnehmen, was noch blieb: ihre Würde.

All das Elend hat Maxima nicht erzeugt, das waren Dümmere, mehrheitlich Männer, Vollidioten wie diese Scheichs beispielweise, die ihre Töchter einsperren und eine um die andere ermorden lassen, wenn diese es wagen, mit der Freiheit zu liebäugeln. Oder wie die Präsidenten gieriger Ölstaaten und ihre Brut, die das bisschen Volksgut in gigantisch teure Luxusjachten stecken, um damit im Internet zu prahlen. Und wie die Drogenbarone, denen alles gehorcht, die Politik und die Gerichte, und die alle auslöschen, die nicht gehorchen.

Wo man hinschaut, schlägt sich das Böse breit und lässt sich nicht eindämmen. Nicht vom einzelnen und schon gar nicht von mir selbst, folgert Maxima, mit den Vollidioten müssen sich andere abgeben. Man kann die Übel nicht verstehen, es sind nur die Geschwüre des Siechtums, das sich im Verborgenen bereits durch die Organe gefressen hat. Die Ursachen, wer will sie schon verstehen? Vielleicht wäre sie bereit, etwas zu tun, eventuell, aber sie kennt keinen, den sowas kümmert, also wirklich bekümmern würde. Allein ankämpfen, wozu? Gegen eine solche Übermacht. Der Menschheit Rettung sollen jene anpacken, die an den Schalthebeln sitzen, dazu sind sie da, verdammt nochmal.

Wegschauen hilft, merkt Maxima, es lässt sich antrainieren. Das schlechte Gewissen ist ein zartes Pflänzchen, Wuchern ist nicht seine Stärke. Wers zwei, drei Male gründlich wegputzt, kann gewiss sein, es wird die Seelenruhe nicht mehr stören. Um den Rest, um das, was immer noch stört, braucht man fortan nur noch einen Bogen zu machen. Und das tut Maxima auch. Sie wählt sorgfältig aus, wo sie ihre Freizeit verbringt. Kloaken gibt es zuhauf, sie fällt auf diese nicht mehr rein. Mit ein paar gewieften Klicks im Netz kommt man dem Dreck rasch auf die Spur, dem Dauer-Smog, der aufsässigen Strassenkriminalität oder dem Gestank aus den Abfallkulissen. Kairo, Neapel, Shanghai, Indien sowieso, die Ausschlussliste ist lang, zahlreich die *Black Spots* auf Maximas weltweiter Tummelplatzkarte. Und es funktioniert prima, es braucht weit weniger Geschick als erwartet, die eigene Welt lässt sich gut zimmern, man muss einzig im Hier-und-Jetzt leben, im willentlich erkorenen, auf konsequente Weise. Klar, der Tunnelblick erfordert unablässig Disziplin, es geht nicht ohne sie, sie ist der Schlüssel, die Disziplin.

Bewusst also lebt Maxima ein gedankenloses Leben. Die Agentur, für die sie ihre Jobs ausführt, sitzt in Zürich, mit Filialen in Berlin und Mailand, und Partnerfirmen überall, in Paris oder Miami, in Los Angeles und Tokio und so weiter und so fort. Unweit vom Flughafen Kloten mietet Maxima ein Mini-Appartement, ihr *pied-à-terre*, mehr braucht sie nicht. Sie steigt da nur gelegentlich ab, meistens befindet sie sich auf Achse oder düst herum, wenn nicht für die Mega-Partys, die sie im Auftrag der Agentur auf die Beine stellt, dann für…, ja, das erklärt sie nicht so genau, sie zieht den Ihresgleichen hinterher, scoutet die Trends, verkostet die Männer, sie schmecken nicht alle gleich, in Barcelona, London oder Las Vegas.

Noch einen weiteren triftigen Anlass für die Vielfliegerei hat Maxima neben der Arbeit für die Agentur, sie behält ihn schön für sich: Sie will die schicken Enden der Welt auskundschaften, allesamt, auch wenn ihr die Nobel-Clubs vorläufig verwehrt bleiben, auch wenn ihr das ganz grosse Geld für ein Jet-Set-Leben noch fehlt. Bald aber wird sie erben können, bald wir ihr ein Vermögen zur Verfügung stehen, ihr Dad ist hochbetagt und einer der Ultrareichen. Alle Türen werden ihr kurzum offenstehen, man wird sie auf Händen in seidenen Handschuhen tragen, man wird sie einladen, nein, anflehen gar, die eleganten und sündhaft teuren *Spots* rund um den Erdball zu beehren. Wählerisch wird sie bleiben, nur die angesagtesten *Locations* werden ihr gut genug sein, sie wird für ein mondänes Leben taugen und wissen, wie man ein solches zelebriert. Packt Eure Sachen, ihr It-Girls, zieht Leine, ihr Kardashians und Hiltons, nicht mehr lange und ich tauche auf!

Einstweilen rackert sich Maxima ab, wenn sie rackert, dann rund um die Uhr, zieht Techno-Partys hoch, *Raves*, *Gigs* und ausgefallene Shows, mit viel Koks schafft sie das, bis sie wieder genug hat, bis die Kröten wieder ausreichen, um eine Zeit lang abzuhängen am fernen, goldenen Party-Strand und nachts in den vielen Bars.

***

Frisches Blut ist gefragt, andauernd, junges, frisches Blut, es gibt einfach nicht genug davon, ein einziges Buhlen all der Metropolen im Westen und Osten um den Saft. Die Hochburgen des Vergnügens dürsten nach mehr, ihre tanzenden Massen lechzen nach unerhörten Klängen, nach dem Sound, der noch mehr Geilheit weckt. Maxima sucht und sie hat ihre Quellen.

Wieder einmal ist es Beirut, diese Stadt der Bruchstellen und Wunden. Seit Tagen durchstreift sie das Nachtleben, das an immer anderer Stelle pulsiert, in den Brachen, die der Bürgerkrieg in der Stadt hinterlassen hat, in den Gerippen unfertiger Neubauten und den Katakomben aus altem Felsen und rissigem Zement. Hier wittert sie ihr frisches Blut und spürt es auf, nicht auf Anhieb, aber nie vergeblich. Sie findet die Kinder dieses Schmelztiegels, die alles aufgenommen haben, was ihnen je zu Ohren kam, was ihre hungrigen Gemüter ersehnt haben, und die nun unverschämt jeden unerhörten Laut in ihre Musik einmischen, in ihren Cocktail, der wummert, pfeift und schrillt.

Maxima mag Beirut nicht, nicht all das Uneindeutige, nicht diese Nähe des Glanzes zur Armut, nicht diese bedrohlichen Kulissen, die vielleicht gleich kollabieren oder gar bersten. Aber sie mag den Sound der jungen Menschen in der Stadt, sie mag seine Klangfarben, die orientalischen, die experimentellen und die elektronischen, die ineinanderfliessen wie die Fäden der bunten Tücher und Schleier im Basar.

Die Möchtegern-DJs sind leicht zu ködern, endlich wird sich erfüllen, wonach sie sich verzehrt haben: Ein anständiges Leben, Perspektiven und Ruhm, ihr Stern wird nun aufsteigen in das Firmament über den peitschenden Party-Wogen. Auf den fetten *Paycheck* verzichten die Frischlinge vorerst gerne, zuerst wollen sie die Massen in Trance versetzen, bis ihnen alle verfallen auf den *Dancefloors* und in den Chefbüros der Musik-Labels. Sie glauben, das grosse Geld wird es schliesslich von selbst geben, Hauptsache das neue Abenteuer führt sie zu immer bedeutenderen Pflastern in den Ländern ihrer Träume, die jetzt erst recht aufblühen. Sie nehmen die Angebote an, die Maximas Agentur ihnen macht, auch wenn es keine Angebote sind, eher Einwilligungen zu ihrer Ausbeutung.

Maxima ist froh, Beirut verlassen zu können, wie hat sie die Stadt ermüdet. Ihren Chefs wird sie unverbrauchte Talente präsentieren, welche bald den tanzenden Mob exotisch beschallen und begeistern. Auf ihren Instinkt ist Verlass, ihren Job wird sie rundum erledigt haben: Erneut schwemmt sie es an, das viele frische Blut. Unbedarfte, erregte Seelen hat sie angefixt, die aus ihren DJ-Pulten den neuen Sound verströmen, einen, der prickelt und verzückt, exakt der arabischen Reize wegen. Multikulti *reloaded* kommt immer noch an.

Schon beginnt es zu tagen, der Flieger geht in ein paar Stunden, Maxima sucht sich einen Platz am Meer, es lässt sich dort am besten die Zeit vertreiben. Sie findet am verbauten Ufer lange keinen Abstieg ans Wasser, endlich eine Häuserlücke, sie klettert über das Strassengeländer und die Felsbrocken ans Ufer, tattrig – nicht wenig Wodka intus, sie stockt, flucht laut, ihr plattes Englisch. Wohin sie blickt, in den Spalten des Gesteins, im Schaum, der gelb vor ihr wogt, aufgedunsene, zersprungene Fischkörper, nicht einzelne, haufenweise, das Meer spült sie an Land, schichtet sie auf. Die Luft ist ebenso gelb und steht, Maxima wird übel, sie hält sich die Nase zu, übergibt sich, klettert weiter, hastig und lange, sie schafft es unter die Terrasse eines Restaurants zwischen angelegte Motorboote und setzt sich erschöpft vorne auf den Rost eines Steges, der ins Wasser ragt. Die Restaurantbetreiber haben aufgeräumt, die kleine Bucht gibt sich sauber, keine leblosen Tiere mehr, wie es scheint.

Doch! Ein Exemplar, in der Tat, es schaukelt wieder so ein Viech unter ihr im Wasser, am Pfahl des Stegs. Du widerst mich an, lass mich in Ruh! Warum gibt es dich überhaupt, kannst du nicht für dich krepieren, draussen im Meer oder am Kliff, wo dich keiner sieht?

Sie erschrickt, der Fisch spricht zu ihr, gibt ihr Antwort, der tote Fisch ist nicht tot, sein Zucken sagt: Lass mich hier nicht allein zu Grunde gehen! Wo sind all die anderen, wer hat mich von ihnen getrennt, warum ist alles so leer? Wie bin ich froh, bist du da! Ich fühle nicht einmal mehr die Stiche in mir, nicht mehr den Schmerz. Wo führt das hin, sage mir bitte, wo führt das hin? Woher die Trübe im Wasser und jetzt in mir, in meinem Kopf? – *Fuck*, kannst du nicht tot sein, einfach nur mausetot? Warum fragst du so blöd? Was weiss ich? Nichts, rein gar nichts weiss ich, *do you get it?* Es braucht euch nicht ihr toten Fische, ihr stinkt elendiglich, ihr kränkt den Stolz dieser Stadt, ihr beleidigt sie, *fuck, goddamn fuck!*

Maxima holt den Wodka aus der Tasche hervor, zieht an der Flasche, zwei lange Züge, den Rest giesst sie über den Fisch in die Bucht. *What a deadly smell, I hate it.* Sie sieht, wie das Auge nochmals rollt und dann erstarrt. Etwas Trostloseres hat sie nie gesehen.

Sie wird die Irritation nicht los, im Flughafen nicht, nicht im Flugzeug, nicht in Kloten im Appartement, nirgendwo und schlicht nicht mehr, es bleibt dieses Fischauge, dieser eine fragende Blick: Warum stehst du mir nicht bei?

***

Die frischen DJs aus dem Libanon haben voll eingeschlagen, die Agentur bringt sie pausenlos zum Einsatz. Demnächst sind sie reif für die grossen Produktionen in Amsterdam, in Madrid und vielleicht New York. Sie legen ihre Musik noch immer auf für wenig Geld, einen Gotteslohn sozusagen. Für Maxima, im Gegenzug, springt deshalb eine Prämie heraus, eine satte, die des Gotteslohnes spottet und ihr wieder einmal die Luxus-Cruise möglich macht, zumindest übers Mittelmeer. Tagsüber auf hoher See, nachts an Land auf den Boulevards, in den Strandbars und Clubs. Der Modus passt Maxima sehr. Sie lässt sich durch alles hindurchschaukeln, die Wogen tragen sie von einer Hochglanzidylle zur nächsten, alle diese Traumorte pflegen den eitlen Schein, darum weiss sie, aber der Schein hält sich gut oder gut genug, er lässt die Projektionen der Gäste nicht zerfallen. Gegen den Zerfall hat Maxima sowieso immer etwas dabei, Stimmungstreiber und Glücklichmacher, Stimulantien in allerlei Form, Tabletten, Ampullen, Phiolen. Im Liegestuhl auf See, nach den langen Nächten an Land sucht sie den Dämmerschlaf, da schwebt sie ab, da löst sie sich auf, hier kommen andere Produkte zum Zug, aus Hanf oder Mohn.

Irgendwo nach den Stopps auf den Balearen, vor Nizza und Monaco, stört sie auf einmal ihr Alleinsein, es fällt auf unter den Gästen, die das Schwatzen nicht lassen und zahlreich mitfahren, aber so zahlreich nicht, dass man nicht wahrnähme, wer auf welche Weise reist. Maxima mag nicht auffallen, mag nicht als Sonderling gelten, also hält sie Ausschau, also ersinnt sie, wo sie andocken kann. Keine besondere Anstrengung für Maxima, sie verströmt Keckheit, sie kann bespassen, sie hat noch immer die Neugier um sich herum geweckt, sie hat sich noch immer ins Schlepptau der anderen nehmen lassen. Schwule zum Beispiel sind gute Schlepper, sie detektiert ein Paar, jenseits der besten Jahre, es hat noch einen Dritten dabei, der hingegen in seiner vollen Blüte, einer, der mitläuft und nicht ins Bild passen will. So ein Bild fügt Maxima stets schnell zusammen, den Mitläufer taxiert sie als Waschlappen, offensichtlich ein Anhängsel, aber ein verdammt gut aussehendes und grossgewachsenes, sportlicher Look mit lässiger Haartolle, klassische Eleganz, mit sowas zeigt man sich in den Clubs. Und Maximas Instinkt wird sie nicht täuschen, schwul ist er nicht, der Dritte, nur in sich gekehrt, ein Langweiler, aber das haut hin, sie will weiter ihre Ruhe haben, geteilte Ruhe.

***

Es braucht kein grosses Auflauern, sportliche Typen tauchen früher oder später im Fitnessstudio auf, wie soll man sonst auf hoher See all die Energie loswerden? Und wenn die Typen obendrein noch brav sind, dann bittet man sie schlicht um praktische Hilfe, mehr der Anmache braucht es nicht. Ausserdem will Maxima keinen falschen Eindruck erwecken, sie hat Bedarf nach etwas Staffage an ihrer Seite, das reicht vollauf, die Leute sollen rätseln, wer er ist – er könnte auch nur ihr Bruder sein, *à la limite*. Und wenn sich mehr ergibt, wenn er sie verwöhnt und auf Händen trägt, dann wird aus dem Bruder ein Lover, lassen wir die Sache offen, *we shall see*.

Rasch muss es plötzlich gehen, also sucht sich Maxima ein unvertrautes, kompliziertes Fitnessgerät im Raum: Sorry, ist mir jetzt etwas peinlich, aber darf ich kurz stören, du weisst nicht etwa, wie dieses Ding hier genau funktioniert? Schon hat sie den Mitläufer des Schwulen-Duos ins Gespräch verwickelt, sie lässt nicht locker, bis er mit ihr den Parcours absolviert. Ganz schön befriedigt lotst er Maxima um die billigen Geräte herum, reihenweise gibt es diese, sie taugen nichts, darum besser gleich zu den Übungen an der Sprossenwand. Er gefällt sich in der Rolle des Fitnesstrainers, schon am nächsten Morgen stehen beide wieder da, an der netten Sprossenwand. Seine Berührungen sind zögerlich, höchst angebracht, wir sind ja im Training, seine Hände und Griffe gefallen ihr, zwischendurch tut es ganz gut, angefasst zu werden. Alles Weitere geht ebenso rasch: Ob er denn nicht ein wenig Abwechslung brauche zu den beiden anderen – sein angejahrter Bruder und dessen Mann, wie sich herausstellt – und ob er nicht Lust habe auf Monaco, auf Calvi und was noch kommt. Zu zweit, unverbindlich, ohne sich etwas schuldig zu bleiben, sei sowas doch viel angenehmer, sie wolle nur eintauchen, sie wolle möglichst viel sehen und mitkriegen, sie wolle sich dem Schönen und Angenehmen hingeben, er solle sich doch mitnehmen lassen. Ihr neuer Begleiter – mit Zenz hat er sich vorgestellt – braucht nicht lange nachzudenken: Gerne komme er mit, aber er wolle keinesfalls aufdringlich sein und man könne jederzeit sagen, wenn es zu viel werde, dann ziehe er sich auch wieder zurück, und genau, Monaco, Calvi, er kenne das alles nicht und auf dem Schiff fühle er sich ohnehin etwas beengt ...äh, sie wisse schon, natürlich alles okay, aber warum nicht zwischendurch weg ans Land, sie und er. Man dürfe ihn gerne auch Innozenz nennen, so der volle Vorname, seine Mutter sei halt Österreicherin, tief verwurzelt in der Alm, dort habe die Unschuld noch etwas gegolten und die Kumpels hätten aus ihm den Zenz gemacht, er möge diesen Spitznamen im Grunde wenig, zu viel Zischen, zu viel der Aufmerksamkeit erheischend, aber es sei eben dabeigeblieben, jeder nenne ihn Zenz, die Mutter sowieso und der Vorname passe vielleicht schon zu ihm, ein kleines Schmunzeln kriegt er hin, der Innozenz, das Unschuldslamm. Ich nenn dich Enzo, passt doch zum Mittelmeer, oder? Heute Abend um neun Uhr los, am Gate zur Hafenrampe?

Enzo entpuppt sich als Glücksgriff, er tanzt gut, und er weiss, was sich gehört, er lässt sich nicht gehen und die Maxima nicht im Stich, er lässt sich von ihr manövrieren und gar parkieren, wenn er im Wege steht. Ums Bett macht er einen Bogen, er traut sich nicht. Gut so, denkt Maxima, nichts Schlimmeres als diese Draufgänger, aber schade auch, sie fände schon Spass an diesem Körper, dem flinken, biegsamen, beinahe knabenhaften. Forcieren hingegen will sie nicht. Gerade alles gut so, wie es ist. Lieblich fliessen die Dinge, wie von selbst, täglich an Deck der späte Lunch zu viert, die Gesellschaft der drei Männer ist ungezwungen, in jeder Hinsicht, man spricht, als hätte man wenig zu verlieren oder tut nur so, amüsant sind die Stunden alleweil. Maxima hat sich an die Oberfläche geholt, sie lässt die Ampullen und Phiolen weg, es plaudert sich besser ohne Schleier. Schon der dritte Landgang mit Enzo steht an, kindliche Aufregung bei Maxima. Malta, Valetta, die Stadt lockt sie nicht sonderlich, zu wenig Glamour, gross hingegen die andere Verlockung: die vergnügliche, beschwingte Nacht im Ausgang zu zweit.

Die beiden kommen durchaus auf ihre Rechnung, es lässt sich schwungvoll geniessen auf der Insel, der Vergnügungsfaktor steigt zusehends, je tiefer die Nacht. Sie vergessen die Zeit, aber diese drängt auf einmal, ihr Schiff will in der Früh ablegen, sie wissen gerade nicht mehr, wo sie sind, irgendwo in einer Seitenstrasse, in den Eingeweiden der Stadt, schummriges Licht, zum Glück beginnt es zu tagen.

Nun rennt das Paar, die Füsse gehorchen nur schwer, Maxima strauchelt, Enzo beugt sich über sie, Maxima zieht ihn in ihre Arme, schliesst die Augen, das war eine tolle Nacht, Danke dir, *you're wonderful, you're the man of the night!*

Aneinander krabbeln sie hoch, kichernd, blödelnd, ... da ist plötzlich einer, nein, zwei, drei, sie haben sich aufgestellt, um sie herum. Maxima komponiert wieder blitzartig ihr Bild, sowas geht im Dusel der Nacht gar noch besser: Es sind diese Kindermänner oder Männerkinder, die man aus den Nachrichten kennt, wie sie in überfüllten Gummibooten der Aufnahme harren, wie sie versteckt in Lastwagen an den Grenzen entdeckt werden, sie haben nichts, keinen Besitz, keine Beweise, keine Papiere. Unvermittelt stehen sie hier, sagen nichts und doch könnte ihr Blick eindringlicher nicht reden: Wir sind in der Welt, in der gleichen Welt wie ihr, was ihr habt, gehört auch uns, es gibt nichts in dieser Welt, was nicht allen gehört, nicht der Tag und auch nicht die Nacht, die ihr ins Letzte auskostet, nicht die Morgenluft und nicht all das, was wir vom Leben haben wollen, so wie ihr euch das gerade auch verschafft. Wir sind übers Meer gekommen, genau wie ihr, nur nicht im Überfluss schwimmend. Seht, die Sonne steigt gerade auf, über uns allen, über euch wie über uns. Wir kennen sie gut, die Sonne, da, wo wir herkommen, ist sie besonders stark.

Zurück im Schiff wirft Maxima sofort etwas ein, eine Kombination Ampulle/Phiole, doppelte Portion. Nicht zum Aushalten, sie hasst solche Konfrontationen, das Leben kann einen so nicht behandeln, *too much*, so brüsk darf es nicht werden, nicht so bodenlos, *hell no!* Und wieder wird sie das Durchlebte nicht los, da nützt kein Gift, sie kann sich der fremden Augenpaare nicht entledigen, der unbeirrbaren, der lebensgewissen, der todesunfürchtigen. Unfassbar, inakzeptabel, da war kein Betteln in diesen Augen, kein Bitten, kein Flehen. Da war nur dieses: So nicht, *no way*, gib her, du kannst nicht einfach nehmen für dich, nur für dich, es hat keinen Platz für Leute wie dich, für solche Maximas!

***

Genug des Mittelmeeres, denkt sich Maxima, welch Erleichterung, sich wieder in die Arbeit zu stürzen, dazu noch für ein Traumprojekt: Florida, Miami, sowieso ihre Lieblingsecke. Und Enzo ist ihr beigestanden, er hat sie nach der Nacht in Valetta aufgepäppelt und sie aus der Bedrängnis geholt, hat sie ins Fitnessstudio gelockt, hat sie auf Spaziergänge mitgenommen am Festland der weiteren Reisedestinationen und sie abgelenkt und verwöhnt, ihr Befinden vorausahnend, mit angenehmen Dingen wie Entspannungsmassagen und Passionsfrucht-Drinks. Schliesslich blieb er nachts in ihrer Kabine, immer noch schützend, eng an ihrem Rücken.

In Miami will Maxima der grosse Coup gelingen, das «Hazard», wo sie regelmässig ihre Berliner Produktionen einschleust, lässt ihr freie Hand, sie darf im Mega-Club einen *Crossover Act* lancieren, eine Woche lang, Abend für Abend, sie hat dafür ihre Beziehungen spielen lassen. Künstler, Modeschöpfer und Lightshow-Designer verschmelzen ihre Visionen, auf Bühneninseln werden gestählte Körper Geschichten inszenieren, stilisierte Kämpfe austragen und das Publikum zum Tanzen animieren. Sie werden sich dabei fortlaufend verwandeln, sich ihrer Kleider entledigen, um in neue zu schlüpfen. Maxima hat ihre Fühler ausstrecken müssen, frühzeitig schon, jeder begehrt die Top-Choreografinnen, aber sie hatte Glück und eine der besten gekriegt. Nun geht es um den Feinschliff, die letzte Abstimmung von Bewegungen, Sound und Licht. *Pulp Fashion* steht auf den Plakaten und im Netz, in Anlehnung an *Pulp Fiction*, den kultigsten der Kultfilme, und seine Referenzen an die Schundgeschichten alter Zeiten, die auf billiges Papier, groben Holzzellstoff, gedruckt wurden, den *Pulp* eben. Also bedienen sich auch die Künstler des Kitschs und seiner Stilmittel, aufgeblasene Emotionen und grelle Effekte, sie erschaffen eine bizarre Mode vor den Augen des Publikums, indem die Kostüme in die Fetzen fliegen, indem die Körpersäfte fliessen, viel Schweiss und Blut, theatralisch in Szene gesetzt, man nutzt Hilfsmittel.

Die Premiere steht an, morgen Abend, Maxima treibt im Wechselbad der Gefühle. Wird der Laden rammelvoll sein?

Werden die angesagten *Folks* auftauchen und die Show lieben? Werden sie sich elektrisieren lassen und die übrigen anziehen, bis man Schlange steht und um Einlass flehen muss in den weiteren Nächten? Fiebrig fühlt sich Maxima, ihre Gedanken zerfleddern, sie tut noch tausend Dinge und doch nichts mehr, sie shoppt durch die Auslagen, kauft drei Outfits, legt dann aber andere, unauffällige Kleider bereit, alles in Schwarz, Shirt, Hosen, Lackschuhe. Schwarz passt, es wird ihren kupferfarbenen Halsschmuck zum Leuchten bringen, das Geschenk von Enzo.

Enzo hilft enorm. Erstmals findet sie ihre Nervosität lächerlich, idiotisch. Soll das Ganze doch in die Hosen gehen, Enzo wird sie wieder herausholen, wird sie wieder auf andere Gedanken bringen, sie wird ihn machen lassen. Wie dumm ihr diese Hündchenhalter immer vorkamen, ständig diese übererregten Staubwedel um die Füsse, die Unterwürfigkeit pur. Jetzt hat sie auch so ein Haustierchen, das ihr hinterherrennt und sie bedingungslos verehrt. Nie hätte sie erahnt, dass sie sich an so ein Ding gewöhnen könnte, es will ihr nicht aus dem Sinn, sie hat sich verguckt, merkt sie, das Ding tut ihr gut. Sie legt sich seinen Halsschmuck bedächtig um, ein Amulett in der Form einer Hand, die vor Unglück schützen soll, Hand der Fatima, vom Araber in Malta. Sowas braucht sie, denkt Maxima, sowas schützt viel besser als der Kraftprotz, so ein Anschmiegetierchen. Das ist er nämlich ihr Enzo, ein Ankuschler, ein Lückenbüsser, ja, er büsst sie wunderbar, diese grosse Lücke um sie herum.

Ein Wundermittel hingegen ist er nicht, bei Weitem nicht, so ein Enzo taugt für den Alltag und ein wenig mehr, aber nicht für die Katastrophe. Das hat Maxima noch nicht begriffen, das kommt noch. Überhaupt dauert es lange, bis sie mitgekriegt, was läuft und wie sich der Horror entfaltet.

Einmal – grosse Ausnahme – hat sie keine Drogen eingenommen, um an der grossen Premiere ihrer *Pulp Fashion* augenblicklich von jeder Panne Wind zu kriegen und nüchtern eingreifen zu können, dieses eine Mal ist sie tatsächlich clean unterwegs und dann – das Spektakel ist in vollem Gange – dann entgeht ihr, dann schnallt sie nicht, kaum zu fassen, wie die ersten Schüsse fallen, wie Eindringlinge die Fluchtwege verriegeln, wie die Masse erstarrt, als diese wahrnimmt, dass es kein Entrinnen gibt, und sich erschrocken schart, hinter den Säulen, Lautsprechern und Bars.

Zuerst hat niemand geschrien, die Verwirrung hat alle gelähmt, jeder hat sich selbst geschützt, nur keine Aufmerksamkeit auf sich ziehen! Wie hat es – gefühlt – ewig gedauert, bis man verstand, dass die Stürze der Tänzer keiner Inszenierung folgen, dass den zuckenden Wesen das echte Blut aus den Leibern strömt, hinweg über das Kunstblut! Die Musik geht aus, *a shooting*, raunt jemand Maxima zu, sie stürzt sich unter eine Bühneninsel, findet einen offenen Material-Container, den sie umdreht und über sich kippt.

Unter die Blechhaube sind die Salven und die Zurufe der Schützen, später die Hilfeschreie und das Stöhnen der Verletzten nur dumpf gedrungen, Maxima indessen hat alles mitgeschnitten wie nie zuvor, in der mentalen Klarheit ohne Aufputschmittel, sie könnte die Lautabfolge auf immer wiedergeben, jeder Knall, jeder Ton war anders, nie zuvor gehört. Wie scharfe Ritzen in zarter Haut reiht sich auf, was in sie eindringt. Maxima sieht sich überall aufplatzen, aber sie fasst nicht, was sie sieht.

Die Schreie werden lauter, die Halle erwacht, die Täter sind abgezogen. Maxima nimmt ihre Courage zusammen, kriecht jetzt auch hervor, aus dem Vorhang des Bühnenunterbaus. Das Herausschlüpfen fühlt sich an, als ob die ganze Welt auf sie herunterbräche und sie zerdrückte. In Wirklichkeit nichts dergleichen und doch wuchtet es Maxima zu Boden: Ein Tänzer stürzt auf sie, blutüberströmt, er hat sich über den Bühnenrand gewunden, ein letztes Aufbäumen, er röchelt auf ihr liegend. Jetzt doch ein Weltenende, des Tänzers Welt.

Einmal noch schauen die Tänzeraugen auf, fassungslos zu Maxima. Wieder schlagen die Fragen in ihr Gesicht, ungeheuerliche Fragen: Wie? War es das schon? Ist da nicht mehr? Was hat dies alles für einen Sinn? Und was hat, bitte schön, dies mit mir zu tun? Es hat doch alles gerade erst angefangen, mein Tanz, meine Freude, mein Leben, ich bin gerade erst erblüht! Warum? Sage mir bitte, warum?

Dann verlässt der Tänzer Maxima, er stirbt in ihren Armen, über ihr. Sie will noch etwas sagen, aber er ist nicht mehr da. Ich kann dir nichts mehr geben, stellt sie erschüttert fest, Tod ohne Abschied, *fuck, biggest fuck ever*.

Was sie nicht weiss, da ging schon etwas mit, ging weg mit dem Tänzer. Ein guter Rest von Maxima, viel bleibt jetzt nicht mehr.

***

Nachts suchen die Geisterchen Maxima auf, in den Albträumen. Alle sind sie vom gleichen Schlag, schwärmen durchs Mittelmeer, treiben wie Wolken im Unterwasser, winzige Fische, als wären sie blutrote, flirrende Pailletten. Sie sind dem Tänzer, der wie ein Koloss über dem Meer und über der in den Wogen liegenden Maxima in den Himmel aufragt, aus dem Kleid gesprungen, aus den Ärmeln und Hosen, zu Tausenden, ein endloser Strom. Der Riese schickt sie los, sie sollen ihr Leuchten wiederfinden.

Maxima spürt, wie die Fischkörperchen geeint auf sie zuschwimmen, wie sie ihre Füsse abtasten, ein lästiges Piksen, wie sie hochwandern an ihren Beinen und Hüften, an ihrem Bauch, ihrer Brust, einem Juckreiz gleich, bis sie ihren Weg in ihr Inneres finden, durch ihren Mund, ihre Nase und ihre Ohren. Jede Nacht wehrt sie sich gegen diese Vereinnahmung, gegen diese Ausspülung. Vergeblich tut sie es.

Mit jedem Traum fressen die Fischkörperchen mehr aus ihr, der Kopf ist schon leergeputzt, es fällt ihr nichts mehr ein. Wohin denn fliehen, wo lässt du dich noch finden, Hort ohne Unheil? Totenstille.

Maximas Gedärme gibt es auch nicht mehr, Gefühle eingeschlossen, weggeräumt von den Vielfresserchen. Atmen tut es weiterhin in ihr, aber wie lange noch? Die Fischkörperchen gelangen zu ihrem Herz, harte Arbeit, lohnt sich jedoch, sie fressen gerade den Enzo heraus, ihr Leuchten intensiviert sich. Vom Enzo hat es ohnehin nicht mehr viel, er löst sich selbst auf, er mag nicht zum Retter werden, er wüsste auch nicht wie, denn er ist überzeugt: Die Maxima hats in Miami erwischt, endgültig, sie hat die martialische Show ins Leben gerufen, wahr wurden die Hirngespinste, todernst. Nicht ihretwegen, aber durch sie hindurch, die Greuel haben sich ihrer bedient, die allerschlimmsten Greuel.

Aufwachen mag sie nicht mehr, bald wird sie zerfressen sein. Von Maxima nichts mehr, nicht eine Spur.

Verzählung Nummer sechs

Drückebergers Angst

Im Prinzip, denkt Zenz, sitzt kaum etwas so tief wie die Prinzipien. Gerne würde er sie loswerden, aber er hat schon alles probiert, nichts hat geholfen, die Versuche wollen nicht gelingen. Als risse er mit aller Kraft am Büschel eines Unkrauts, als löste sich dieser ruckartig von seinen unnachgiebigen Wurzeln und als stürzte er dabei rücklings zu Boden, einzig mit dem oberirdischen Kraut in den Händen, genauso fühlt sich Zenz. Es kommt ihm vor, als befänden sich die bösen Ausläufer des Unkrauts immer noch tief in der Erde und liessen sich nicht ausgraben. Ob er denn auf ewig verdammt sei, die Prinzipien wie Wurzelwerk in sich zu haben, in seinem ureigenen Grund, fragt er sich frustriert. Was man eingesät hat, in ihn hinein, breitet sich aus, lange schon, seit seiner Zeit als Bub, es wuchert durch ihn hindurch, durch die Nervenbahnen und Blutgefässe, durch die Organe, schlimmer noch, es wuchert bis tief in seine Seelenkammern. Selbstverständlich weiss er, woher die Kontaminierung stammt, vom Familientisch nämlich, von der mächtigen Mama, sie hat Regime geführt, im Bauernhof, im eigenen landwirtschaftlichen Betrieb, sie hat ihr Regime hochgehalten, über seine beiden Brüder, die um einige Jahre älteren, und über ihn, den Innozenz, den Nachzügler, der niemandem etwas antun würde, auch einem Pflänzlein nicht. Die Unschuld habe ihm angeblich schon als Säugling im Gesicht gestanden, fügt Zenz an, wenn die Rede auf seinen Vornamen kommt.

Den Vater hat er nie richtig gekannt, nur aus den Schilderungen seiner Mutter. Wie hatte diese den Mann an ihrer Seite verehrt, wie verehrt sie ihn immer noch, ihn und woran er glaubte. Früh schon verstarb der Papi, wie ihn seine Brüder nannten, ein rundum gesunder und stämmiger Mann, an einem aus dem Nichts auftauchenden Nieren- und Organversagen, einem zunächst rätselhaften. Auch Papi hatte Prinzipien gehabt, hochtrabende, er hatte für diese gekämpft, auf der politischen Bühne, er hatte sich eingesetzt, er wollte jede und jeden gleichstellen, er wollte die Reichtümer auf alle verteilen und vieles in der Währung mehr, tiefrot seine Gesinnung. Sowas haben viele nicht verstanden, einige nahmen ihm seine Forderungen gar übel, es gab Zwist und ja, so ein Zwist schaukelt sich hoch auf dem Land, manchmal bis zur Feindseligkeit. Einer von Papis Widersachern, ein besonders gehässiger, liess sich zum Rädelsführer machen und mischte ihm heimlich und unentdeckt den Schleierling ins Gericht, den nicht ganz so tiefroten wie Papis Gesinnung, sondern den orangefuchsigen, den ungeniessbaren: Es hat ausgereicht, um den Papi zum Schweigen und unter den Boden zu bringen. Denn das Gift des Pilzes wirkt so tödlich wie eben auch gemächlich, manchmal über Wochen hinweg. Der Schleierling heisst nicht umsonst so, er hinterlässt kaum eine Spur, wenn er einem Menschen zum Schluss vollends das Leben raubt. Und leider kann sich selten jemand ans verdorbene Pilzgericht erinnern, immer schon viel zu lange her. Es hätte die Todesursache verborgen bleiben können!

Indessen, wie raffiniert, das Gift sucht sich manchmal andere Opfer, es kann sich auch im Täter entfalten, in demjenigen nämlich, der es untergemischt hat, nur halt auf kuriose Weise. Es hat im Rädelsführer gewurmt, über die Zeit hinweg, unablässig und auch hier stets heftiger, bis dieser die Tat schliesslich gestand, keiner hat nachhelfen müssen, von selbst begab er sich hinter Gitter.

Der Mord an ihrem Gatten hat Mama nicht verbittert, er hat auch ihre Prinzipien nicht erschüttern können, wie auch, wenn sich das Recht durchsetzt und erst noch von allein. Geweint hat sie schon, dem Gram hat sie lange Raum gelassen, aber hinter dem Leid hat sie den Teufel nicht ausgemacht und auch kein böses Schicksal. Die Prinzipien sind ihr seither erst recht eine Hilfe und heilig, sie weisen den Weg, sie sollen den Menschen das Zusammenleben leichter machen, trotz des vielen Unheils, ein Zusammenleben, das allen dient. «Passts fier olle, nocha passts o fier mi», hört man die Mama oft sagen, das Prinzip aller Prinzipien, es ginge allen gut, lebte eine jede und ein jeder danach. Solch Einsicht kommt von weit her, wenn Mama von den Prinzipien spricht, holt sie den Dialekt ihrer Kindheit hervor, die Sprache ihrer Ahnen.

Seit Papis Tod helfen die Brüder auf dem Hof, die älteren, beinahe erwachsenen tun es widerwillig, sie sind ihrer Freizeit beraubt, aber sie mögen sich der Mama nicht verweigern, jeder muss anpacken, wenn es an den väterlichen Kräften fehlt. Logisch spannen sie, wenn immer es geht, den kleinen Zenz ein, lassen ihn die Drecksarbeit machen, in den Ställen, hinter dem Heuwagen und im Gemüsegarten. Die Mama muss viel schlichten, sie hört sich den Streit an, den hausgemachten und denjenigen, welche die Söhne von der Schule nach Hause tragen. Alles tut sie, um ihre Prinzipien zu vermitteln, ihren Glauben, dass jede Gemeinschaft solider Regeln bedarf. «Wos man vårspricht, bleibt man o schuldig», sagt sie dann, oder: «Isch dår ondere in Recht, nocha nimms'n nit weg.» Und das Gezänke mag sie gar nicht haben:

«Dår groaße Bruader vom Schimpfen isch dor Respekt», ruft sie in Erinnerung und bittet, sich in die Haut des anderen zu versetzen, bevor man über ihn herzieht. Für alles gibt es ein Prinzip, oder auch dagegen, so reimt es sich die Mama zusammen, viele seien schlicht unerlässlich wie dasjenige gegen die Volkskrankheit des Lügens und Betrügens: «Wenns in ondern weah tuat, verdrahnt man die Wohrheit nit!»

Mamas Regeln sind nicht toter Buchstabe, das hat Zenz wohl verstanden. Ganz am Anfang hat er ihnen Leben einzuhauchen versucht, mehrmals hat er Luft geholt, wenn vielleicht zu wenig tief.

Einmal in der Schule ist er hingestanden, die anderen hatten einen Kameraden in die Enge getrieben, immer wieder und einfach nur zur Belustigung. Ein Mobbing, aber wer wollte solch üblen Geschichten schon viel Beachtung schenken, wer wollte sie schon deutlich beim Namen nennen? Ein Kind mit ausländischen Wurzeln, es mag nicht überraschen, da hapert das Zusammenleben, was ist denn schon dabei? Zenz hat den Mund aufgemacht, hat sich gewehrt, er hat versucht, den anderen Einhalt zu gebieten und ihrer Quälerei ein Ende zu setzen. Wenig hat es genützt. Der Tamilenbub hat ihm bedeutet, sich doch bitte aus der Sache herauszuhalten, es werde nur schlimmer. Also bleibt immer das bisschen Schlimmheit, einmal mehr, einmal weniger, folgert Zenz, man muss sich wohl damit abfinden, oder? Zu dumm, den einen triffts, den anderen nicht.

Die Brüder haben sich um Mamas Prinzipien nicht geschert: Die soll nicht den Pfarrer spielen, ihre Sprüche bringen uns nicht weiter, im Gegenteil! Unser Leben ist beschwerlich genug, es braucht nicht noch komplizierter zu werden. Passen für alle, wer soll sowas hinkriegen? Mutter

Theresa vielleicht. Aber die ist eine Heilige. Mütter haben das wohl so an sich, wer soll daraus schlau werden?

Endgültig verwirrt hat den Zenz sein letzter Versuch. Schauplatz Sport: die Schülerolympiade. Er hat ganz vorne gelegen, vor allen anderen, insbesondere vor Köbi, dem Sohn des Schulleiters. Und er hat ihn auch in der letzten Disziplin geschlagen, am Reck. Auf einmal ist alles anders, die Resultate manipuliert, Zenz nur noch Gesamtdritter, der Köbi strahlender Sieger, der Schulleiter zuckt nur mit den Schultern und grinst, als wäre er verlegen. Zenz hat seine Wettkampfzeiten und Leistungswerte nochmals belegt, hat sich an die Lehrer gewandt, schliesslich sogar an einen Mann aus der Schulkommission. Nur süffisantes Lächeln, überall: He, bleib locker, ist doch keine bierernste Sache, welcher Lehrer macht schon keine Fehler beim Aufschreiben der Resultate, es geht doch ums Mitmachen, nicht ums Gewinnen. Zenz begreift, es geht ums Mundhalten, nur nicht stören, nur nicht Spielverderber sein.

Wenn genug ist, ist genug: Nach den rumorenden Jahren der Jugend zieht Zenz zackig die Konsequenzen, er fokussiert jetzt darauf, nicht aufzufallen. Sein Programm, das er sich vornimmt: erstens rasch weg aus der Knechtschaft der Prinzipien und Prinzipienbrecher, sprich weg von Mama und Brüdern, zweitens eine solide, unverfängliche Ausbildung, allgemein betriebswirtschaftlich, und drittens auf die eigenen Beine kommen und sich schön bedeckt halten. Er kommt vorwärts, richtig zügig, er bildet sich fort, wird professioneller Einkäufer und landet in der Beschaffung von Gütern und Dienstleistungen, grosse Deals, wo Geschick das Zünglein an der Waage ist. Siehe da, es geht auch hier um Prinzipien, diejenigen des Verhandelns und Taktierens, zwischen Anbieter und Käufer, aber es passt schon, es sind keine moralischen und vor allem, es spielt sich nicht mit offenen Karten, selbstverständlich prinzipiell. Immer hält man der Gegenseite etwas vor, zum eigenen Nutzen, sie soll nicht erkennen, wie hoch der Preis noch liegen dürfte, den man zu zahlen bereit wäre. Nur Stück für Stück geben die Parteien ihre Absichten preis, gerade so viel wie nötig, als wärs eine Abmachung, auf die man sich wortlos geeinigt hat, als wärs ein Ritual der Verstellung. Die Verstellung kennt Zenz gut, das Leben hat sie ihm schon vor einiger Zeit beigebracht, nur dank ihr war es ihm manchmal gelungen, den Arbeiten auf dem Hof aus dem Weg zu gehen, die ihm die Brüder andauernd auferlegten.

***

Zenz entwickelt sich zum Routinier. Gewieft geht er seine Beschaffungen an, er hat gerade begonnen, richtig Freude an den Vertragsabschlüssen mit den Lieferanten zu finden. Viele Vorteile holt er raus für seinen Arbeitgeber. Die Kollegen, die Architekten und Ingenieure, die Projektleiter und Manager verwickeln ihn in ihre Vorhaben, in die Neu- und Umbauten beispielsweise, oder in den Aufbau wichtiger Dienstleistungen wie die Reinigung und den technischen Unterhalt der grossen Gebäude und ihrer komplizierten Anlagen. Software und Hardware stehen auch auf den Besorgungslisten, sein weitläufiges Departement verzeichnet immensen Bedarf. Und die Lebenszyklen sind kurz, es gibt sie kaum mehr, was neu in Betrieb genommen wird, strebt sozusagen anderntags wieder dem *end of life* zu, wie es die Profis nennen, dem Verfall und der Nutzlosigkeit. Dann gilt es frühzeitig den Ersatz ins Auge zu fassen, gleich erneut zu planen und dasjenige aufzustocken, was sich der mehrjährige Finanz-Etat nennt.

«Gebäude + Versorgung», kurz G+V, heisst die mächtige Staatsbehörde, für die Zenz einkauft. Sie hat sich an die Auflagen des Gesetzes zu halten, denn sie gibt Steuergelder aus. Wenn Zenz Unsummen visiert und freigibt, dann muss er die Regeln einhalten, fairen Wettbewerb nennt man es: Kein Anbieter darf bevorzugt werden, jeder ist gleich zu behandeln, tunlichst. Mittlerweile kennt Zenz die einschlägigen Paragrafen, unzählige sind es, er kann sie auswendig zitieren, die Juristen zieht er nur noch im Spezialfall bei.

Eigentlich also hätte der Job nur noch besser werden können, hochspannend, gänzlich ins Glück mündend. Zenz ist etabliert, die Unterhändler der Lieferanten respektieren ihn über alle Massen, sie wissen, wie sehr er taugt und wie viele Leistungen er von ihnen auf dem Beschaffungsmarkt für G+V bezieht. In der Tat, es wäre alles perfekt gewesen, wäre da nicht geschehen, was geschah, ein Ding, dem zunächst keine und keiner viel Bedeutung beimessen wollte, es hatte es schon das eine oder andere Mal gegeben, es hatte nie etwas bedeutet. Bisher.

Ein neuer Direktor ist in der Behörde aufgetaucht, wie aus dem Nichts, kaum war der alte weg, war er da. Die politische Instanz, die ihn einsetzen muss, hat ihn kurzum berufen, indem sie ihn direkt ansprach, einen anderen Kanndidaten wollte sie sich nicht wirklich ansehen. Mehr als Agenturmeldungen gab es dazu in den Zeitungen des Landes nicht, wen interessiert schon die Logistik von Gebäuden und Ämtern, wen interessiert es schon, wenn einer die Seiten wechselt, wenn einer die Privatwirtschaft verlässt und vom halbwegs erfolgreichen Bauunternehmer zum Direktor der Baubehörde wird? Was soll denn schon passieren?

Passiert ist viel, zum Ärger von Zenz, einem Ärger der stillen Sorte, der alles angreift, den Magen, den Schlaf, oft gar die Seelenruhe. Der Direktor blieb, was er von Beginn weg war, ein unbeschriebenes Blatt. Er hat sich nicht gezeigt, so wenig wie der Kreis seiner engsten Mitarbeiter, nur verschlossene Türen, leere Gänge, keiner will in Erscheinung treten, will sagen: nicht offensichtlich.

Zuerst sind die Stelleninserate für neue Mitarbeiter von G+V aus den Zeitungen und von den Webseiten verschwunden. Die Vakanzen bei den Spezialisten, den Architekten, den Projektleitern und so fort: was sind sie blitzartig besetzt, geschwind unter der Hand! Es kommen neue Funktionäre, alle in sich gekehrt, Pokerfaces, alle immer sehr beschäftigt, alle immer kurz angebunden, man weiss nichts über sie, sie sagen nichts. Der Direktor holt sich die Adlaten aus seinem Beziehungsnetz, er lässt von den Juristen unverfänglich begründen, warum er die Regeln umgeht, warum er nicht öffentlich sucht und fair auswählt, wer sich jeweils wirklich eignen und demzufolge passen würde, warum er immer just den einen angeblichen Super-Spezialisten einstellen muss, für den es partout keine Alternative gibt.

Dann verschwindet der Zugriff, die Transparenz. Zenz darf die Akten nicht mehr einsehen, man bescheidet ihm, dass man ihn schon holen werde, wenn es den Profi für den Einkauf brauche. Die meisten Geschäfte seien ja Folgeaufträge, es mache keinen Sinn, den Lieferanten zu wechseln, das käme für den Steuerzahler viel zu teuer, wo käme man denn hin, finge man stets von vorne an, man werde mit den Juristen schon sicherstellen, dass der Ausschluss der Konkurrenz, dass die freihändigen Vergaben an den einen, exklusiven Anbieter unanfechtbar seien, solche Ausnahmen seien im Gesetz ausdrücklich vorgesehen.

Zenz will seinen Ausschluss nicht ohne Weiteres hinnehmen, er recherchiert, unter Vorwänden, er findet da und dort über Umwege zu den Projektakten, er stellt fest, sie sind verkümmert, gar verstümmelt oder irreführend, sie gaukeln Notsituationen vor, welche dringliche Beschaffungen scheinbar notwendig machen, oder sie beschreiben superspezielle Probleme, die, wie nützlich doch, gerade mal nur ein einziger Lieferant zu lösen weiss: was hätte man denn ohne seine rettende Hand machen wollen?

Was hinter verschlossenen Türen vor sich geht, hat seine Konsequenz: Zenz sitzt da und findet kaum Arbeit mehr. Nur viele Beschwerden landen bei ihm, die Lieferanten wollen wissen, warum sie nicht mehr offerieren dürfen, warum es kaum mehr Pflichtenhefte gibt, die sich öffentlich einsehen lassen, um ihre Angebote zu präsentieren und mit einem besseren Verhältnis von Preis und Leistung den alten Konkurrenten zu übertreffen. Also hat Zenz auch keine Offerten mehr zu vergleichen, er ist nicht mehr gefragt, um in den Verhandlungsrunden unter den vielen Zuschlagsgierigen das Beste herauszuholen, für sein Departement und den Steuerzahler.

Kaum verwunderlich: Mama regt sich wieder, Mama mit ihren Prinzipien. Sie verfolgt ihn nicht, ihren kleinen Zenz, weder in seinem Tun und seinen Beweggründen noch nachts in den Träumen. Aber die alten Wurzelreste in ihm, sie spriessen wieder auf, ins Gewissen quasi, Nährboden: Mama. Vetternwirtschaft, was da abgeht! Kapitel Lügen und Betrügen, und passen für alle tuts schon lange nicht mehr, nicht für ihn, nicht im Team, nicht für die Belegschaft, nicht für die Volkswirtschaft, nicht für all die treuseligen Bürgerinnen und Bürger und ihr geschundenes Portemonnaie.

Tausend Gelegenheiten gäbe es, um hinzustehen, wie damals für den Tamilenbub. Zenz trägt die Richtschnüre in sich, Richtschnüre wie Sicherungsseile, er könnte sich an ihnen problemlos entlanghangeln und dann hineinschwingen in die Tat, wie diese topfitten Multisportler in den aufgemotzten TV-Shows, in den Geschicklichkeits-Wettkämpfen, wie diese smarten Athleten, welche die Gräben und Fallen unbeirrt überspringen und sicher im Ziel landen: Er könnte sich beschweren, an vielen Stellen, er könnte seine Kollegen zu Mitkämpfern machen, er könnte seine Ansprüche mühelos rechtfertigen und einfordern. Einfach hinstehen und den Mund aufmachen, ...

... könnte er. Den Multisportlern eifert er nach, aber nicht in Mamas Gewissensdisziplinen. Er läuft Marathon, immer häufiger, die Läufe haben gut Platz, jetzt, wo neue Überstunden nicht mehr anfallen und sich die alten kompensieren lassen. Er läuft und läuft, verbissen, die Marathondistanz dürfte ruhig länger sein, er bringt seinen Kreislauf auf Touren wie nie zuvor. Wenn er sich den Schweiss von der Stirne streicht, dann zählt er auf dessen entgiftende Wirkung: Soll aus seinem Körper, soll aus seinem Leben hinaus, was ihm die Gesundheit, was ihm den Seelenfrieden raubt! Was muss er für den Direktor geradestehen? Was hat er die Welt zu verbessern? Warum nicht einfach das Weite suchen. Er rennt nochmals los.

***

Das viele Training hilft. Zenz gehört zu den Besten, praktisch überall, in jeder Sportart, die er betreibt. Im Gegensatz zu den alten Zeiten in der Schule werden an den Wettkämpfen und Turnieren die Regeln eingehalten. Wenn er Bestzeit läuft, wenn er gewinnt, dann rüttelt niemand am Resultat. Kein korrupter Schulleiter oder Direktor hat seine Finger im Spiel. Im Sport ist er unantastbar, er nimmt dieses Gefühl an die Arbeit mit, momentan noch unverdrossen. Seine beruflichen Aktivitäten verlegt er auf Ausbildungen, Jus und Management, sie werden ihm erlauben, davonzuziehen, am neuen Ort will er aber mehr zu sagen haben, man nehme Gift darauf. Daneben unterstützt er das Team seiner Miteinkäufer, die Irene zum Beispiel, sie sitzt im gleichen Büro wie er, eine Tür weiter die Claudia und drei andere Kollegen des Fachs.

Den Mauscheleien im Departement will Zenz auf seine Weise entgegentreten, er staunt etwas über sich, aber nicht wirklich: Es geht ihm um die Prinzipien, um den Berufsstolz ebenfalls, und natürlich um die Qualität. Hochwertige Güter findet man nicht mit Günstlingswirtschaft, nicht mit Gefälligkeiten, nicht, wenn man die eigene, persönliche Gier über das Wohl der Unternehmung stellt. Also schult er die anderen Einkäufer, er lässt sie von seiner grösseren Erfahrung profitieren, er warnt sie vor den Klagen übergangener Mitbewerber, er warnt sie vor behördlichen Verfügungen, welche zum Wiederaufrollen einer Beschaffung zwingen und mit kostspieligen Verzögerungen verbunden sind. Und er zeigt ihnen pedantisch auf, wohin die Klumpenrisiken führen, wenn man sich in die Abhängigkeit weniger Lieferanten begibt, «Multiple Sourcing», Mehrquellen-Beschaffung, sei das Zauberwerkzeug der Stunde, man müsse für den Nachschub stets über mehrere Kanäle verfügen. Zenz gefällt sich als Trojaner: Man hält ihn von den grossen Beschaffungen fern, aber er schleust sich ein, seine Ratschläge und Wertvorstellungen infiltrieren aus dem Hintergrund die wenigen Projekte, in denen noch öffentlich mitgeboten werden kann, und wer weiss, vielleicht entlarvt er damit die Scheinwettbewerbe seiner Behörde, vielleicht setzt sich ein Kollege aus seinem Team am Verhandlungstisch durch, mit stichhaltigen Argumenten, im Sinne der Sache und gegen die unzulässige Vorabsprache mit dem einen Lieferanten des stillen, perfiden Einvernehmens. Für einmal kriegen vielleicht wieder alle Anbieter eine Chance.

Wie Zenz so schult und vermittelt und coacht, und wie er überhaupt die Zeit für viele Beobachtungen findet, fällt ihm zusehends auf, dass Irene ruhiger wird, die herzliche, heitere und gar etwas flegelhafte Büropartnerin zieht sich zurück, in sich und von ihren Kollegen, nicht nur von Zenz. Was ist los, denkt er sich, es fallen ihm ein paar Erklärungen ein, aber keine will ihm recht einleuchten, keine scheint ihm wirklich plausibel zu sein. Bis, ja bis er eines Tages der Sache auf die Spur kommt, bis es ihm plötzlich wie Schuppen von den Augen fällt: Die Irene wird beschenkt, regelmässig, Süsses bekommt sie, kleine Blumensträusse und Briefumschläge mit Einladungen ins Kino oder in den Zirkus. Irene lässt die Gaben immer verschwinden, es scheint ihr peinlich zu sein. Manchmal beobachtet Zenz, wie sie die Blumen gleich wegschmeisst, wie sie sich zurückzieht und von der Toilette kommt, mit geröteten Augen.

Dann erkrankt Irene, tageweise, wochenweise. Erklärungen will niemand haben, einer hingegen schon, aber er meint es fragend, echt bohrend, er will auf die Erklärung keinesfalls verzichten, er heisst Taub, mit Nachnamen, und steht eines Tages bei Zenz im Türrahmen: Ob er denn wisse, was mit Irene los sei, er vermisse sie in seinen Projekten, er sei auf sie angewiesen. Zenz hält ihn hin, der Taub passt ihm nicht, ein forscher Architekt, geschliffen, overdressed, einer dieser Vertrauten des Direktors, überdies ein Mitglied aus dessen Familienclan, dem Vernehmen nach. Taub toppt es noch, er ist tatsächlich auch ein Zenz, ein Vinzenz – heisst siegen auf Lateinisch, Taub kann sich die Bemerkung nicht verkneifen – doch unser Zenz mag die Überschneidung der vier Buchstaben im Vornamen nicht, er mag auch keine Siegertypen, ausser im Sport, dort toleriert er sie, wenn sie wirklich besser sind, messbar besser. Der Taub kommt ihm übergriffig vor. Übergriff. Irene. Zenz beschleicht ein ungutes Gefühl.

Das Gefühl geht nicht fort. Irene, wenn sie mal da ist, verlangt von Zenz, dass er an die Sitzungen mit Taub mitkommt. Dieser flippt aus, pfeilt giftige Blicke, Sieger-Zenz zu Unschulds-Zenz, halt dich da raus, halt dich überhaupt raus, kapiert? Irene aber lässt den Taub nicht gewähren, messerscharf ihr Ton, sie werde das Departement verlassen, sie übergebe die Geschäfte: Stabsübergabe, da brauche es zwei dazu, den Zenz und sie, ob denn das so schwierig zu begreifen sei.

Am Abend spielt Zenz im Squash-Club. Die Bälle donnern aus seinem Racket wie von Waffengewalt, sie fliegen den Gegnern haarscharf um die Ohren. Was ist denn mit dir los? Gehts auch ein bisschen anständiger? Der Taub steht gleich viermal im Court an diesem Abend, sinnbildlich, verkörpert durch die Partner im Squash. Zenz lässt ihn keine Luft holen, er lässt ihn keinen Punkt machen, gelingt nicht zu hundert Prozent, aber die Message seines erbarmungslosen Spiels entfaltet dennoch den vollen Zorn: Was hast du mit der Irene gemacht? Hast du sie angefasst? Wider ihren Willen? Hast du Schwein ihr Nein nicht gelten lassen? Ist das jetzt die neue Sitte im Departement, Willfährigkeit zuhanden des Direktors und seiner Entourage, Willfährigkeit, erzwungen bis ins Bett?

Der Schweiss läuft in Strömen an Zenz herunter. Er fühlt die Pflicht, Taub zur Rede zu stellen, ihn zu massregeln, aber er ringt sich nicht durch. Wie nur kriege ich diesen Keil, der mich spaltet, aus mir raus? Was geht mich der Taub an? Was kümmern mich seine Avancen? Die Irene hat doch die Konsequenzen gezogen, was willst du mehr? Einfach hinschauen, sagt die Mama von ganz tief unten, was glaubst du denn, es gibt noch viele Irenen im Departement, gleich ist die nächste dran. «Wenns brennt, muasch Alarm schlogn.» Das tut Zenz jetzt, er schlägt mit seinem Racket auf die Wand ein, sein teures Karbon-Racket, es will nicht zerschellen. Immerfort schlägt Zenz zu, es wird schon brechen, unter genügend Druck!

Wie Recht die Mama hatte, Claudia ist die nächste. Diesmal darf Zenz nicht mehr mit, Anstandsdamen will man keine mehr. Claudia glaubt auch keine nötig zu haben, selbstbewusst ist sie, sie lässt sich nicht instrumentalisieren, sie gibt zu verstehen: Mit den paar Machos werde ich längstens selbst fertig. Diese Angeber, man haut ihnen auf die Pfoten und schon verwandeln sie sich in Schosshündchen. Nur, sie hat sie falsch eingeschätzt, denn es sind ausgewachsene Hunde, die es nicht in, sondern unter den Schoss zieht! Warum hast du dich nicht in Acht genommen, Claudia? Sie macht den Fehler, nach der Arbeit mitzugehen, in die Bars und Clubs, jeder Meilenstein im Projekt muss gefeiert sein, jede Aufrichte, jede Einweihung, jeder Vertragsabschluss. Oder es feiert sich auch nur so: Anstossen, Lustigsein, braucht es dafür einen Anlass? Das Leben in seiner Blüte, adrette, knackige Mannsbilder, Claudia fühlt sich gut, im Mittelpunkt, sie mag die Umringung, sie schmeichelt ihr.

Zenz spürt in jeder Faser seines Seins, hier bahnt sich die Katastrophe an, die Claudia bewegt sich auf dünnem Eis, grausam kalt wird die Brühe sein, in die sie versinken wird. Im Squash glaubt er sich wieder im Griff zu haben, trainiert wie ein Versessener, am Turnier wird er obenaus schwingen und jeden versenken. Die Kollegen im Court sind verwirrt, sie staunen, wie hochpräzis Zenz die Bälle pfeffert, hauchdünn den Wänden entlang, oder wie er sie aus dem hohen Bogen in die Ecken plumpsen lässt, sodass sie keiner mehr erwischt. Alle wissen, Zenz hat ein Problem, ein währschaftes, mit sich und mit allem um ihn herum, zum Trotz bieten sie ihm die Stirn, erst recht irgendwie, vom verrückten Gegner lernt man viel.

Dem Vernehmen nach weiss sie gar nichts mehr, man kann sie auch nicht besuchen, in der Psychiatrie, die Claudia oder was von ihr übrig bleibt. Im Departement mussten drei Projektleiter gehen, Knall auf Fall, nur Taub nicht, der Protegé, er sitzt fest im Sattel. Um die Geschichte herum nur Munkelei, aber ausschliesslich mit den engsten Vertrauten, jeder weiss, Schweigen zahlt sich am meisten aus.

Im Turnier schlägt Zenz alle, bis auf den letzten Gegner, im Final. Noch in jedem Spiel hat man ihm mehrfach den kleinen Gummiball ausgetauscht, er wählt das härteste Modell, trotzdem platzen die Bälle, so hart knallt er sie gegen die Wand. Platzen tut zum Schluss auch Zenz, **es** platzt sein Ehrgeiz, er kommt gegen den Herausforderer nicht mehr an, er setzt sich nicht mehr durch, er verliert die match-entscheidenden Punkte um den grossen Sieg und dann seinen Stand. Zenz stürzt und endet im Kollaps.

***

Was hat er nicht alles verloren, der Zenz, im Final, in diesem Käfig einer Sporthalle! Richtig verloren, so leicht will es sich nicht wiederfinden lassen, wer weiss, vielleicht zum Ende gar nicht mehr. Die Standfestigkeit ist weg, die Lust und der Antrieb, mehr noch: jeglicher Rat. Zwar geht Zenz der Arbeit nach, und nach der Arbeit nach Hause, er überlässt sich der Mechanik des Alltags, aber nicht mehr dem Sport, von diesem soll er eine Weile lassen, sagt der Arzt, wegen des angeschlagenen Kreislaufes, Bewegung schon, aber kein Wettkampf gegen die Uhr oder die Messlatte. Das Lesen probiert er, den Ausgang, Kino da, Jazzkonzert dort, Ausflüge, in die Städte, an die Seen. Kalt lässt ihn der Zauber all dieser Dinger, sowas von unberührt. Ob er sitzt oder steht, ob er schläft oder nicht, ob er hungert oder isst, einerlei ist es, es spielt keine Rolle. Die Orientierung ist weg, rechts könnte auch links sein, oben vielleicht nun unten, in einen Herumirrenden hat er sich verwandelt, schlimmer noch sein Zustand: Nicht einmal die Mama mag sich melden. Selbst die Mama schweigt, wie unergründlich unerklärlich sonderbar!

Wenn gross die Isolation, wenn gross die Stumpfheit, wie will es dem Untergetauchten auffallen, dass sich etwas verändert, dass Bewegung ins Verfahrene kommt und dass sich anschickt, was sich eine Gelegenheit nennt? Lange, lange braucht der arme Zenz dazu. Im Büro kehrt der Wind, Zenz' Expertise scheint wieder gefragt, es liegt einige Zeit zurück, seit man ihn letztmals um Unterstützung gebeten hatte. Das Departement hat Aussergewöhnliches vor, es führt ein Konsortium an – öffentlich-private Partnerschaft nennt sich derlei Ding –, es plant eine Quartierüberbauung, oder eher mehr, es baut einen ganzen Stadtteil! Man wird darin allerhand tun können, zum Beispiel wohnen und arbeiten, fabrizieren und verkaufen, essen und ausgehen. Und das Allerwichtigste: das Departement wird seinen neuen Sitz ins Zentrum stellen, nicht irgendeinen Bau, nein, vielmehr einen stolzen und repräsentativen und selbstverständlich einen der einprägsamen Art. Solch Vorhaben bedarf einer Generalunternehmerschaft, vor allem einer, die sämtliche Fäden in der Hand zu halten weiss, einer, welche die Knoten löst, wenn sich die Parteien und ihre Interessen verstricken. Eine Ausschreibung lässt sich folglich keinesfalls umgehen, internationales Ausmass wird sie haben, Hunderte von Seiten, die Begehrlichkeiten und Wünsche aller Beteiligten auslistend, der privaten Unternehmer, der Finanzierer und selbstverständlich von G+V, der federführenden Behörde. Nur Zenz kommt dafür in Frage, nur der Senior-Einkäufer weiss, wie man ein derart komplexes Pflichtenheft befüllt und strukturiert. Formfehler darf es nicht geben, der Zuschlag an eine Generalunternehmung muss auf Anhieb klappen, Zeit für Gerichtshändel und einen zweiten Anlauf gibt es nicht.

Zenz merkt schon, dass ihn der zuständige Projektleiter umgarnt, dass diesem viel daran liegt, die Kriterien für die Wahl des besten Anbieters auf seine Weise zu formulieren. Ziemlich unüblich: hier muss ein Punkt aus der Beschreibung weg, der offensichtlich wichtig wäre, dort ein anderer hinzugefügt werden, der eher nebensächlich erscheint. Oder es fehlt noch am speziellen Detail, an der besonderen Art, wie der Generalunternehmer seine Aufgaben anzupacken hat und wie er die Unterlieferanten auswählen und hinter sich scharen muss: Der Projektleiter besteht auf all den Abänderungen trotz ihres eigentümlichen Charakters. Dir ist schon klar, sagt Zenz, dass alle glauben werden, wir würden hier unsere Suche auf einen Kandidaten zuschneiden, weil nur dieser derartige Sonderwünsche erfüllen kann? Wir handeln uns Probleme ein, echte Probleme. Zähneknirschend gibt der Projektleiter nach, als Zenz die Unterlagen stutzt und das eine oder andere exklusive Kriterium aus dem Pflichtenheft kippt.

Als die Angebote eintreffen – nicht wenige sind es – und die beiden diese gesichtet und bewertet haben, erlangt Zenz restlos Gewissheit, es besteht kein Zweifel mehr: Der Projektleiter hat den einen Anbieter von Anfang an im Auge gehabt, er schraubt die Punktezahlen für seinen Favoriten so lange willkürlich nach oben, bis sie über allen Konkurrenten an der Spitze liegen, unangreifbar. Natürlich begründet der Projektleiter blumig, warum er dies tut, sein Anbieter habe nicht sonderlich zutreffend formuliert, zugegeben, aber er sei überzeugt, mit solch guten Referenzen im Markt werde ein Generalunternehmer dieser Klasse die Aufgaben in jeder Hinsicht erfüllen. Alle anderen Bauherren seien immer zufrieden gewesen, das sei hinlänglich bekannt, die Höchstpunkte, die er vergebe, widerspiegelten nur diese Tatsachen.

Zenz fühlt sich erniedrigt, er würde dem Projektleiter am liebsten das Squash-Racket um die Ohren hauen, er spürt, man will ihn missbrauchen. Wie ein Priester soll er die Gutgläubigen durch die Messe führen, soll er die Liturgie des Verfahrens abwickeln und seinen Segen spenden, halt so, wie es alle Priester tun, es darf kein Schmutz zutage treten, es darf ja keiner auf die Idee kommen, dass es überhaupt so etwas gibt wie Schmutz. Es tropft ihm der Schweiss von der Stirn, auf die Unterlagen, die vor ihm liegen, auf die Scheinbewertung des Favoriten, es verschmiert das Papier sein Sportlerschweiss. Wie heisst es doch: Nur ein Tropfen bringt das Fass zum Überlaufen, ein einziger Tropfen nur, ein Tropfen Schweiss. Rechnen müsst ihr jetzt mit mir, beschliesst der Zenz, meinen Weihrauch werdet ihr so schnell nicht vergessen. Ha! Den Weihrauch aus Mamas Küchen, nie hat Weihrauch würziger gerochen!

So gehe das nicht, lässt Zenz verlauten, das sei alles viel zu offensichtlich, die Manipuliererei viel zu plump. Solche Absichten müsse man, wenn schon, viel geschickter kaschieren, die Fallstricke für diejenigen, die man ausschliessen wolle, seien so zu spannen, dass sie keiner sehen könne. Also, wenn er sich dies überlege, dann wüsste er schon…, näher besehen und gut durchdacht, hmm, glaube er, es gäbe da unter Umständen einen Weg… Ein gewisses Risiko berge die Sache aber schon, hoch sei dieses, wenn auch unwahrscheinlich, er setze viel aufs Spiel, die Ethik des Einkäufers, seine Professionalität, seinen Ruf der Unbestechlichkeit, zum Ende gar seinen Kragen, für solche Dinge komme man hinter Gitter, übertreibt Zenz ganz schön. Wenn nun diesem einen Generalunternehmer viel daran liege, die Ausschreibung zu gewinnen und in jedem Fall der Beste zu sein, nun, dann nehme es sich vielleicht ein wenig bescheiden aus, nur die paar Formulare einer Offerte eingereicht zu haben, könne man denn von einem, der an die absolute Spitze drängt, nicht mehr erwarten? Oder liege er da etwa falsch?

Lange warten muss Zenz nicht. Eines Morgens, in seinem Domizil, geht die Klingel, niemand steht vor der Tür, im Milchkasten aber liegt ein Päcklein, eines mit vielen kleinen Scheinen, zehntausend Franken. Wie jetzt? Zehntausend? So stellt er sich das nicht vor, unser Zenz.

Bald schon fragt der Projektleiter, ob man endlich abschliessen könne, es habe doch nun alles seinen Weg an den richtigen Platz gefunden. Oder? Du weisst doch, Zenz, was ich meine? Der Projektleiter insistiert, der Favorit stehe doch hiermit nun auch als Gewinner fest und es gäbe keinen Grund mehr, den Zuschlag zu dessen Gunsten nicht zu publizieren. Und weiter führt er aus, man liege ihm heftig in den Ohren, schliesslich müsse sich so ein General-Unternehmer auf ein Grossprojekt von solchen Dimensionen frühzeitig vorbereiten, aber er werde schon dafür sorgen, dass Schweigen herrsche, bis es in der Zeitung stehe.

Zenz gibt sich verschlossen, er lässt sich nicht drängen, weicht den Fragen aus und meint nur, der Schlussentscheid reife in der Tat heran, aber man müsse noch etwas mehr investieren, um ans Ziel zu kommen, ja, er sage ganz bewusst man, denn das sei noch nicht ganz allen klar, wie er feststelle. Ins Tessin werde er jetzt für ein paar Tage fahren, er würde sich sehr über Besuch freuen, neue Bekanntschaften liebe er über alles, er denke, dass er nach dem Tessin den Sack werde zu machen können, hoffentlich sei dieser dann prall gefüllt, sozusagen, nur wisse er nicht, wie viel Zeit sich das Tessin liesse, manchmal warte man eben lange auf die richtige Bekanntschaft. Der Projektleiter macht einen dummen Kopf, er sagt nur, es werde schon klappen, im Tessin treffe man immer den richtigen.

***

Zenz weiss nicht wirklich, was ihn zu seiner Tat bewegt hat. Mag sein, der Sportler ihn ihm. Stillsitzen liegt schlicht nicht drin, Stillsitzen kommt für einen Bewegungsmenschen nicht in Frage, wahrlich, das ist er, ein Mensch der Bewegung, ein Mensch der Freiheit, das macht ihn aus, es will ihm gefallen, er schmunzelt: Nie mehr stillsitzen, könnte man glatt zum Prinzip erheben. Indes, die Wurzelreste in ihm haben nichts mit seiner Tat zu tun, soviel Gewissheit hat er. Und er will es selbst kaum glauben, wie ironisch, sie müssen nicht einmal mehr weg, diese Wurzelreste, er würde sie am Ende vermissen, wären sie nicht mehr da, in seinen Eingeweiden, plötzlich mag er die Vertrautheit mit ihnen. Er beschliesst, mit ihnen im Gespräch zu bleiben. Die Mama darf wieder mitreden.

Im Tessin lief alles nach Plan, kurzum hat sich der Handlanger der Bestecher gemeldet (er habe noch ein Köfferchen abzugeben). Zenz hat ihn ins Ferien-Appartment gelockt, hat alles aufgezeichnet, die Telefonate, den Besuch, auf Band, auf bewegtem Bild. Die Technik schnitt schon vorher mit, auch des Projektleiters Aussagen hat Zenz nun transkribiert, vom Tonträger auf Papier. Dann hat er die Beweise eingereicht, bei der staatlichen Finanzkontrolle, einschliesslich des vielen schmierigen Geldes, das ihn hätte gefügig machen sollen.

Was die Geschichte nach sich ziehen wird, weiss Zenz nicht. Fallenstellen gehört nicht in den Standard-Werkzeugkasten des Whistleblowings, im Verfahren des Verwaltungsgerichtes hat er auch etwas abgekriegt, er hätte nicht zuwarten dürfen, er hätte die Ausschreibung stoppen müssen, bevor er den manipulierten Zuschlag, bevor er den vorgetäuschten Gewinner publizieren liess. Immerhin: anonym durfte er bleiben, bis zum Schluss.

Viel Zeit lässt sich Zenz, um über seine Zukunft nachzudenken. Er hat sich von G+V verabschiedet und ein Mountain Bike gekauft, Sport ohne Wettbewerb, ohne Wettkampf. Den Rat seines Arztes hat sich Zenz zu Herzen genommen, er fährt jetzt im «Für» und nicht im «Gegen», nicht gegen die anderen, nicht mehr gegen sich. Ohne Arbeit und ohne Erwerb ergibt sich viel Raum, für die Fahrten in die Wälder und Berge. Dort lässt es sich gut nachdenken. Wie er das mag, dieses Sich-Verdrücken-in-die-Berge.

Verzählung Nummer sieben

Höhepunkt, wo bleibst du?

Nur er kann das, nur Vinzenz Taub, er allein, der Taub, wie ihn alle nennen. Keiner ist so potent, weit und breit.

Das Leben muss prickeln, das Leben muss ihm den frischen Kick liefern, darauf legt Taub es an, und er schafft es in der Tat, man mag es glauben oder nicht, überall auf der Lauer zu sein und sich anfixen zu lassen, von den geilen Dingen um ihn herum, vom dem, was er sich instinktsicher aussucht und was ihm verspricht: Gleich versetze ich dich in den Rausch, den belebenden, vielleicht auch den unverhofften oder gar den übersinnlichen. Die Gefühle der Erregung durchströmen Taub, laden in auf, entzünden ihn. Was an einer Stelle heftiger wird, klingt an der anderen ab, die Schübe fliessen ineinander: Taub hat immer Fieber, am liebsten mehrere, Fiebrigkeit ist sein Befinden.

Dabei gehört Taub keineswegs zu den Überhitzten, er befindet sich nicht im Fieberwahn, das ist es ja gerade, er ist ein Meister der Dosierung, er hat in Fleisch und Blut, dass Bändigung zum Spiel gehört, dass noch viel grössere Lust wartet, auf den, der sich ihrer Erfüllung nie ganz hingeben wird. Taub weiss denn auch nicht, wie das wirklich geht, Erfüllung, sie könnte das Ende bedeuten, das Ende der Erwartung, sowas will er ganz und gar nicht: keine Spannung mehr. Was sonst bliebe denn übrig, verdammt noch mal? Also hält sich Taub von der Erfüllung fern oder überspringt sie nach Möglichkeit, lieber hält er Ausschau nach dem nächsten Reiz, dem noch stärkeren.

Die Ausgangslage ist gut für Taub, sehr gut sogar. Sorgen muss er sich keine machen, von Haus aus ist Geld da, mehr als genug, auf Geld greift es sich einfach zu. Ganz im Stillen werkelt das Kapital vor sich hin, wirft gute Erträge ab, von denen es sich leben lässt, ein fürstliches Leben würden es die wenlger Begüterten nennen. Natürlich weiss Taub, in wessen Hände man solche Reserven legen muss. Der smarte Vermögensverwalter schaut zwei Mal im Jahr vorbei, gibt Rechenschaft ab und kassiert seine Prämie, jedes Mal eine höhere, denn auf den Papieren und Unsummen, weltweit angelegt, brechen keine Renditen ein, arg dumm müsste er sich anstellen, um das Vermögen nicht zu vermehren.

Der Beruf des Architekten dient Taub nur als Fassade, er braucht ihn fürs Networking. Er mag seine Arbeitskumpel in der Baubehörde, sie verhelfen ihm zu allerlei, zu Exkursionen ins Ausland mit seinen Prestigebauten, aber auch zu schicken Wochenenden beim Segeln oder einfach nur zu Bierrunden in den Bars. Dort schwärmen sie zusammen von den Monumenten oder anderen Rekorden, in der Technik, im Sport, wo auch immer. Das Geplauder mit den Kollegen gewährt ihm Raum, ihm und seinem Enthusiasmus für die Welt der edlen Dinge und des Designs. Genau! Design und Architektur, das geht sowieso Hand in Hand, Bauten müssen repräsentieren, müssen glänzen wie Embleme. Glanz ist immer gut, er fasziniert, er sport den Ehrgeiz an.

Taub mag sein Setting sehr. Die vielen kleinen Bühnen, auf denen er in Erscheinung tritt – Konferenzen, Events und Clubs – hofieren ihn gut, er nimmt die Schmeicheleien gerne entgegen, wenn er sich zeigt, wenn er seine Kleider und Gadgets – edel die Marken – ausführt oder von seinen neusten Errungenschaften erzählt. Viel investiert er für solch Aufmerksamkeit, enorm viel. Denn der Neid und der Respekt der anderen lassen sich nicht so ohne Weiteres erheischen. Man muss lange recherchieren, man muss natürlich den raren Instinkt haben für das, was wahrhaft exklusiv und doch noch knapp erschwinglich ist, und vor allem muss man fähig sein, zu erschnüffeln, was die eitle Welt noch nicht begehrt, aber bald schon begehren wollen wird. So ein Riecher ist den anderen eine Nasenlänge voraus, so einen Riecher hat der Taub, so eine Überzeugung sitzt tief.

Auch sein Familienleben hat er effektvoll ausstaffiert. Billige Trophäen gibt es nicht – musst du auch zuerst kapieren, verstehst du, sinniert der Taub –, eine Trophäe ist immer einzigartig, die Auszeichnung für die einsame Spitze, sonst wäre sie keine, oder? Lange hat er gesucht, lange hat er eine um die andere ausmustern müssen, all die fahlen Aspirantinnen auf die Gattinnenschaft an seiner Seite. Schliesslich hats hingehauen, nicht schlecht, gleich mehrere Treffer auf einen Schlag: Vier Frauen umringen schillernd den adretten Architekten aus begütertem Hause. Vorab ein schmuck herangereiftes, apartes Exemplar mit langen, immer noch schlanken Beinen, mit Mandelaugen und markanten Gesichtszügen wie Sophia Loren in ihren besten Jahren, der Nachkriegs-Filmdiva aus der Cinecittà. Daneben zieren drei Töchter das Bild, alle eifern sie im Look ihrer Model-Mama nach. Kindfrauen mussten sie werden, auf Erfolgsstreben hat man sie konditioniert: Die erste im Fördersport an der Hochschule in Magglingen, die zweite mit einem Fuss schon auf dem Laufsteg, das zuckersüsse Girlie in den vielen Mode-Prospekten, die ins Haus flattern, und die Nummer drei im Netz als Influencerin. Sie ist den andern beiden voraus, sie verdient bereits ihr gutes Geld, mehr als der Papa bei der Behörde – Kunststück! –, er hat ihr doch geholfen, der Götter-Papa hat sie mit Profis vernetzt, die wissen, wie man digital vermarktet und an die Konzerne herankommt. Papas Püppchen – makellos und jungfräulich der Anblick – folgt ihrem Instinkt und hält auf Instagram vors Auge des Smartphone, was man ihr in die Hand drückt und sie für angesagt hält.

Platzen könnte Taub vor Stolz, natürlich tut er es nicht, Gott bewahre, aber er spürt die Erhabenheit – in ihrer Reinheit einfach ein wohliges Gefühl – er spürt sie in jeder Faser seines Körpers und darüber hinaus, bis ins feine Tuch, das ihn umhüllt, und bis in die Aura, die er auszustrahlen glaubt. Ja, wer denn, wer bitte kann da schon mithalten? Wer sonst kann sich so zu eigen machen, was die Welt an Erlesenem zu bieten hat, wer sonst spiegelt die Brillanz, die unverfälschte Schärfe der eigenen Person dermassen souverän in die Entourage, wem fliesst und fliegt die Huldigung schon so natürlich zu wie ihm, dem Taub?

Wie die Gottesanbeterin verharrt er da, perfekt getarnt, auf ihrem Ast, in eleganter, sportlicher Pose, angespannt, die Fühler im Wind, alle Sinne auf Empfang. Was ist ihr nicht schon alles vors Maul gekommen? Fliegen, Bienen, Wespen. Ein Insekt nach dem anderen frisst sie rundum auf, mit Haut und Haaren. Wer hätte es geglaubt, sie hat sich sogar an der viel grösseren Eidechse gütlich getan, wenn schon, dann schon: Man wird wohl noch mit einer Eidechse fertig werden, oder etwa nicht? Woher sonst soll sie, der Stolz der Insektenwelt, die Substanz nehmen für ihre vielen Eier, die sie legen muss und die es weit zu schaffen haben, durch den harten Winter hindurch?

Also verleibt sie ein, was ihr vor die Netzaugen kommt. Das Blickfeld wählt sie sorgfältig aus, an der Stelle mit Aussicht auf fette Beute, aufs vortrefflichste Mahl, hoch im Geäst oder wo allenthalben es die Gier gebietet. Sie sieht sich nicht als Usurpatorin, nicht als Lebensräuberin. Verschmelzen will ihr besser gefallen, Einswerden mit ihrer Beute: Zusammen wächst man zum Grösseren, ins Perpetuum.

***

Es ist wieder so weit, ein Zittern überall, es geht wieder los! Als würde eine Woge weit draussen im Meer ihren Anlauf suchen, ihre Energie einsammeln und Schwung holen, um loszubrechen und daher zu wuchten. Da kommt sie! Schon saugt sie vom Strand das Wasser ab, der breiter wird, sein Sand nun hell, fast weiss, die Oberfläche spröd und rissig: Exakt so fühlt sich die Erregung an bei Taub, das Drüsenbett seines Mundes zieht den Speichel zusammen. Der Appetit baut sich auf, der Moment, in dem die Gelüste erwachen, ist da.

Töchterchen Nicole, seine Niki – zarte, hübsche Niki, bald schon, aber noch nicht ganz volljährig, zum Glück: er darf, er soll sie noch begleiten – seine Niki reist nach Amsterdam, ihre Schweizer Model-Agentur schickt sie dahin, zu Partner-Agenturen, die international tätig sind. Sie soll sich da den Castings stellen, die hoffentlich ihre Karriere lancieren, auf dem europäischen Parkett und wer weiss, vielleicht darüber hinaus, mit etwas Glück in Übersee. Papa will also zur Stelle sein, will sein ungeschliffenes Prunkstückchen noch nicht in andere Hände geben, es braucht noch viel Prägung. Papa muss seinem aufgehenden Laufsteg-Sternchen den richtigen Drall geben, vor allem muss er es bewahren vor dem Abdriften und dem Absturz in all die Übel, wie die Abhängigkeit toxischer Gestalten und Substanzen. Taub ist sich gewiss, sein Edelstein wird funkeln wie kaum ein anderer, mehr als ein Hingucker wird er sein, man wird sich um ihn reissen, man wird ihn überall zeigen wollen.

Im Luxushotel hat er gebucht, an nobler Adresse, das Töchterchen ausser sich, er muss ihr das Abknipsen jedes Details und jedes Wankes um sie herum abgewöhnen, sowas gehört sich nicht im edlen Ambiente. Ach Daddy, schmeichelt die Niki, *it's so exciting*, was meinst du, Daddy, werd ich mir das alles bald selbst leisten können? *Please help me*, Daddy, du musst mir alle Tipps der Welt geben, ich mach sonst alles verkehrt! Das tut der Daddy auch, er geht mit seiner Niki shoppen, er sucht mit ihr die schicken Läden auf, er lässt sie die vollen Sortimente anprobieren, stundenlang, er sieht sie schon unter den Studioleuchten und Fotoschirmen, ins beste Licht will er sie setzen, diese Knackfrische ihres Körpers, diese Unverbrauchtheit, diese Unverdorbenheit.

Hochwertigste Stoffe wählt er aus, seltene Marken, Niki schimmert, Niki glitzert, Niki glüht. Kleider will man das textile Bisschen nicht mehr nennen, das über Töchterchens Brüste und ihre Oberschenkel fliesst. In Gedanken zupft er den Stoff zurecht, zieht ihn noch etwas hoch, da und dort in sinnliche Falten, alles muss seiner Niki dienen, ihrer Wohlgeformtheit, ihrer Schönheit, ins Absolute kann sie wachsen, wenn sie will, vielleicht.

Abends schmiegt sich das Töchterchen an Daddys Seite, im grossen Doppelbett, das sonst nur die *honeymooner* benutzen. Sie singt, was sich wie ein Liedchen ausnimmt, säuselt eins nach dem anderen: Daddy, *you make me feel so good*, Daddy, du bist so lieb zu mir, ich werd morgen die Schönste sein. – Wirst du, wirst du bestimmt, raunt derselbige. – Ach, *sweet* Daddy, super deine Hilfe, einfach da, *right away* wie immer, ich fühl mich so sicher mit dir, so sicher werd ich mich morgen auch vor den Kameras fühlen, ich werd das Schönste zeigen, Kleider, wie sie nur die Royals tragen oder die grossen Stars von Hollywood. – Ja, das Schönste, *my dear*! Und weisst du, du zeigst es nicht, nein, viel mehr, du bist es einfach, versteht du, du bist es!

Dann schläft *my dear* ein, fällt in die Narkose der Sorglosigkeit, wie schön. Daddy kann seine Augen nicht von ihr lassen, er betrachtet sie lange, eine Ewigkeit, er führt seine Nase an ihre Haut, noch nie hat ein weibliches Wesen so gut gerochen, Wahnsinn! Er fährt mit seinen Händen ihren Wölbungen entlang und er berührt sie, berührt sie überall, nicht wirklich, aber fast und in Gedanken schon. Er löscht die Lichter, entledigt sich seiner Kleider – das wirklich Schöne bedarf ihrer nicht – er liegt neben Niki und glüht und strahlt, bis in den frühen Morgen. Er hat sie ganz für sich allein, seine Niki.

Am Casting weiss er nicht, wie er sich fühlt. Einfach nur erhaben, souverän, oder wie will er es nennen? Sensationen wie auf Koks, vital wie noch nie, *never ever before*, gänzlich enthemmt, es gibt keine Grenzen, aber, *fuck*, die Kontrolle ist voll da, er kann an jedem Faden zupfen, nichts, was nicht gehorcht, nichts entgeht ihm, kein Laut, kein Flüstern, keiner der Gedanken, die durch die Halle zischen. Der helle Wahnsinn, die Dinge folgen seinem Willen, als wäre er der Dirigent, *il grande maestro*!

Und die Niki erst, verdammt die Niki, sie wickelt jeden um den kleinen Finger, die Beleuchter, die Fotografen, die Agenten, sie flirtet mit jedem Element im Raum, auch mit Daddy, der ganz hinten sitzt, das Zwinkern kann nur einem gelten, ihm nämlich. Mann, denkt Taub, sowas von geil. Sorgloser denn je räkelt sich Niki auf dem Podium, mit der

Aura einer Träumerin, sie steckt sie alle ein, ins dünne Tuch über den Hüften.

Derlei will begossen sein, es gibt keinen Zweifel, bald wird er sich einstellen, der grosse Erfolg in der Welt der Mode. Taub ist ausser sich: Wie eine Elfe bist du durch den Raum geschwebt, du hättest deine Bewunderer sehen sollen, ihre Verblüffung, wow! Er drückt ihr ein Champagnerglas in die Hand, sündhaft teuer der Trunk, nachgeschenkt ist auch schnell, einmal doch, einmal ist keinmal. Jetzt bin ich dran, Taubs Zunge löst sich, komm meine kleine Elfe, jetzt führst du mich, jetzt krieg ich neue Kleider, jetzt bist du mein Coach.

Schuhe, mehrere, ein Jacket. Eine beduselte Niki staffiert den Daddy aus, sie kann jeden Laden nehmen, *no limit*, sowas von mega. Weg mit der Steifheit! Auch Daddys dürfen mal, oder? Dürfen scharf daherkommen, von der Rolle sein und abhängen. Vor allem ihr Daddy: Wenn einer abhängen darf, dann er, weil er hängt sie alle ab, auch die Kiddies und Halbstarken. Sie hilft ihm ebenso beim sportlichen Outfit, sie spürt die angesagtesten Exemplare auf: Muskel-T-Shirts, kurze Hosen, Badeslips – Mann, hat der Nachmittag Schwung, auch in der Boutique gibts wieder ein Gläschen Sprudel, sie kichern sich durch die Kollektionen –, findest du nicht, Elfchen, ich bin doch noch gut drauf! Taub, in Seglershorts, gefällt sich im bodenlangen Spiegel: Ihr könnt euch alle nicht beklagen, euer Papa kriegt immer noch, was er will, die Blicke, die Komplimente, den Neid.

Abends führt er seine kleine Trophäe aus, er kennt die Tricks, er weiss, wie man in die Tempel reinkommt, in denen die grossen Chefs kredenzen, er geniesst die eifersüchtigen Blicke, die alles in ihnen sehen: den Jetset, das blaue Blut und die Dynastie. Entweder man hat es oder man hat es nicht, so strahlt es aus ihm zurück, beide tragen es gut, er und sein Töchterchen, findet Taub, den Glamour, den Schliff, die Brillanz.

Im Hotel, wieder aneinandergeschmiegt im runden Riesenbett, säuselt er ihr ins Ohr und bringt ihr den vollmundigen Schmus, wie sehr sie anderen überlegen sei, wie perfekt sie werden könne, nur glauben müsse sie an sich, hinter jeder Türe warte nur eine nächste, weit bedeutendere.

Noch ein Casting und später das erste Auftrags-Shooting hier im Ausland. Niki hält alle Zweifel von sich fern. Sie glaubt ihrem Daddy, sie muss doch glauben, dass es so etwas wie Schicksal gibt, dass man auserwählt sein kann, zum Besonderen und Prominenten und dass man für andere da sein muss, wie die Prinzessin, die alle träumen lässt, vom grossen Glück, von Regentschaft und einer Welt ohne Hässlichkeit. Wenn die Kameras klicken, um sie herum, wähnt die Niki, dann lässt sichs wunderbar vor aller Augen über den Catwalk gehen und die Huldigungen entgegennehmen, fürwahr.

Auf der Rückreise, im Flugzeug, lachen sie nur und küssen sich auf die Wangen und am Hals, die ganze Zeit. So simpel ist es doch, einfach die Düsen zünden und schon schiesst man durch den Himmel, in den neuen Habitus. Treibstoff bringen sie locker auf, *en masse*: Sie haben Ambition, sie haben Unternehmungslust, sie haben keine falsche Zurückhaltung, die wäre jetzt vollkommen deplatziert.

***

Arme Niki, gottvergessene Niki! Wie will sie wissen, wo alles enden wird, wie will sie erkennen, dass sie nur in den Fängen hängt, dass sie nur Beute ist, eine magere gar? Wer erklärt ihr die Unterschiede, zwischen Ambition und Grössenwahn, zwischen Hellsicht und Verblendung, zwischen Sein und Schein? Wie soll sie verstehen, dass ihr kein Daddy hilft, wenn der Laufsteg endet, wenn ihn andere besteigen, noch begehrtere, wenn die Rückkehr ins Scheinwerferlicht harte Arbeit wird, die nicht mehr fruchten will und ihr das Wenige nimmt, was sie hat, bis auf die Haut über den klapprigen Knochen. Dann wird sie noch Niki sein, womöglich, aber was für eine, ein Rest von sich selbst, hingegen die Seine nicht mehr, da wird der Daddy sie nicht mehr berühren wollen. Dabei ist, dabei war er doch immer so lieb zu ihr.

***

Wieder kommt Fieber auf, wieder sammelt sich der Eifer in Taub. Die Scheinwerfer gehen an, auf seiner seelischen Szenerie, und zentrieren ihre Kegel auf einen Punkt, auf ein einziges Geschehen, das Drumherum tritt in den Hintergrund, aus dem Licht und aus der Welt. Taub fühlt, wie seine Energien sich bündeln, wie sie zusehends den Schub in eine Richtung lenken, wie sie die Wahrnehmung schärfen und seine Kapazitäten vergrössern: Nichts entgeht ihm mehr, jede Regung brennt sich ein. Wie er dieses Einkreisen mag! Wie er es geniesst und auskostet, wenn sich aus dem gedanklichen Nebel ein Schatten reisst, wenn dieser Schatten eine scharfe Kontur bekommt und ihn auf die Reise nimmt. Viele Worte würde er bemühen für den Zauber dieses Moments: die Ergriffenheit vielleicht oder am Ende den heiligen Ernst. So mussten sich die Eroberer gefühlt haben, stellt er sich vor, als sie zum Abenteuer aufbrachen, auf die hohe See: Neues Land wird sich finden lassen, ohne Zweifel! Der Ruhm wird einem gewiss sein.

Milla hat ihn angerufen, Milla, die Mittlere, etwas älter als Niki, studiert in Genf, kennt die Hürden des Alltags, weiss immer sofort, wie man neue Hindernisse einschätzen muss und überspringt sie mühelos. Taub muss sie nicht mehr wirklich unterstützen, sie managt ihr Leben, sie trägt die Klarheit in sich, sie glaubt, dass es keine Grenzen mehr gibt, wo auch immer, zwischen analog und virtuell, zwischen dem Natürlichen und dem, was die Technik daraus macht, und schliesslich zwischen der Kunst und ihrem Abbild im Kommerz. Da will sie nun hin, in die Vermarktung, in die Promotion, die Werbeförderung – die grenzenlose und internationale, versteht sich – denn sie kennt nichts anderes, nur Angebot und Nachfrage, nur Followers und Likes im *World Wide Web*.

Auch Milla nimmt neues Land ein, wenn auch ein virtuelles, und bebaut es, im grossen Stil. Mit dem Studium der Kunstgeschichte legt sie die Fundamente, die ihr keiner unterhöhlen kann, sie lernt auch die Kommunikations-Wissenschaften und entwickelt daraus ihre Pläne und Konstrukte. Der Mix der Fächer ist ideal, für das, was sie gerade aufzieht, gemeint ihr eigenes, unabhängiges Ding, das ganz nett schon brummt und die Kasse tüchtig klingeln lässt. Mit dem Rüstzeug der Uni wird sie ihre Plattform im Internet festigen und ausbauen, Schritt für Schritt. Jetzt zimmert sie noch am Start Up, aber bald schon soll ihre Firma über die anderen hinauswachsen. Dann werden die Spinn Offs folgen und alle Teile werden ein Imperium bilden. Riesig muss es nicht werden, ein Imperiümchen täte es schon, Putzigkeit hat auch ihren Charme, so kokettiert die Milla mit sich selbst und ihren Wunschgebilden.

Gleich drei Hersteller von Luxusuhren will Milla mit Vater Taub aufsuchen, alle im Jura. Sie gehören seit Kurzem zu ein und demselben Modekonzern, den sie sich akribisch als Sponsor herausausgesucht hat. Unter den diversen Angeboten, die ihr vorlagen, passt dieser am besten zu ihr und ihrer digitalen Existenz im Internet. Milla kalkuliert, dass ein asiatischer Newcomer mit gigantischem Heimmarkt am meisten verspricht. Der Konzern hat im Westen gerade die Einkaufstour abgeschlossen, hat vielversprechende Firmen gesucht und gefunden, sie gehören nun ins Firmen-Portfolio, einschliesslich der Uhrenproduzenten.

Das Angebot aus Asien ist gut, Milla kriegt einen Haufen Geld für jeden *Post* auf Instagram, in dem sie ein Produkt des Konzerns in ihr Leben und das beste Licht rückt. Den Vertrag hatte sie rasch in der Tasche, dem Papa blieb die Spucke weg, ob all des monetären Segens. Der liebe Papa passt selbstverständlich bestens ins Konzept, Milla wird die Storys über ihn im Internet platzieren, über den perfekten, hingebungsvollen Papa, über den schneidigen, hochattraktiven Mitvierziger, dem die ersten Silbersträhnen nur noch mehr Sex-Appeal verleihen, und über seinen hervorragenden Geschmack, der auf Anhieb und mit zielsicherem Gespür bei den Trouvaillen landet, ach, wie zufällig und passend, just im Jura und bei den Fabrikanten aus dem Konzern, den Milla nun im Rücken hat.

Also kurvt Taub fiebrig durch die Webseiten, schaut sich die Uhrenmodelle an, die er in Millas Storys hervorheben wird und deren Glanz sein eigenes Image aufpolieren sollen. Er vergleicht die Uhren untereinander, vergleicht sie mit den Exemplaren einer starken, weltläufigen Konkurrenz. Er hat nichts dagegen, dass ihn die Tochter einspannt, warum auch, wenn er ihr zur eigenen Studienfinanzierung und zu einer Anhängerschaft in den sozialen Medien verhelfen kann, die keiner mehr überschaut. Aber Taub will schon wissen, was er sich da ums Handgelenk legt und allen Augen im Netz vorführt, er will sich sicher sein, dass ihn nur jene Innovation schmückt, die der Kennerschaft vor Erstaunen das Blut stocken lässt.

Und Taub hat Glück, er muss keinen Rückzieher machen, die Tochter nicht enttäuschen, endlich ist er fündig geworden, er wird sich nicht verleugnen müssen. Alle drei Marken aus Millas Konzern lancieren Top-Uhren, welche die Trends aufgreifen und die Gegensätze verbinden: die neuen Werkstoffe mit dem Upcycling oder die mechanische mit der smarten Welt und auch den Prunk mit der lässigen Sportlichkeit. Die Snobs im Netz werden sich mit den Exemplaren bestens identifizieren können, die Taub auswählt: Der Hyper-Individualist wird vollkommen zu sich finden, das Herz des Technik-Fetischisten wird höher schlagen denn je und der Nachhaltigkeits-Neurotiker wird keine Ausrede mehr haben. Besser noch! Die innovativen Teile rauben auch Taub den Atem, sie passen zu den Ambitionen seiner eigenen Identitäten: eine Uhr für den gestandenen Architekten, eine Uhr für den Wettkampf-Segler und eine Uhr für den Promi und Club-Gänger. Sogar den Uhrensammler wird man ihm geben dürfen, auch wenn er eigentlich nicht zu ihnen gehört: Wozu den Irrtum aufklären? Für den Kenner und Experten hingegen wird man ihn unbedingt halten müssen, dafür wird er sorgen, er wird sich die Modelle des Langen und Breiten in den Werkstätten erklären lassen, er wird davon in den Video-Clips, die Milla auf Instagram zeigt, das eine oder andere beiläufig erwähnen, er wird jene *Features* spielerisch zeigen, die seine Persönlichkeit ins richtige Licht rücken, so ein hoch entwickeltes Uhrenfabrikat trägt sich ja nicht von ungefähr.

Die Tage unterwegs mit Milla: ein einziges Schweben, ein Fliegen und Sausen wie im Traum. Taub hat Milla im Cabriolet abgeholt, in Genf, bei Cabriolet-Wetter. Die Sonnenbrille auf, lassen die beiden die Seidenhalstücher flattern im Fahrtwind und einander einen Lacher über den anderen zufliegen. Leichtlebig kurven sie durch die Juratalschaften, den Uhrenproduzenten zu. Taub fühlt sich wie Bond, wie der schärfste aller Agenten auf Besuch der Heimbasis, gleich wird ihm sein Tüftlerlabor die Gadgets präsentieren, die es nur für seine Mission entwickelt hat, gleich werden ihm die Ingenieure und Art Directors zeigen, was sich hinter der Tarnung einer Uhr und ihrem Luxuskleid verbirgt, an Geheimfunktionen, an Intelligenz und Vernetzung mit dem Universum.

Die Aura eines Propheten, der um seine Sendung weiss, strahlt aus Taub, als trüge er alle Erkenntnis und Erleuchtung bereits in sich, als könnte er jede Erfindung erahnen, sich jedes Wunder erklären. In den Fabriken befleissigen sich die Design-Teams seiner Aufmerksamkeit und Anerkennung, die er jedoch nur sehr zurückhaltend artikuliert. Milla versteht rasch des Vaters Allüren, kopiert sie und gibt jetzt auch die erlauchte Botschafterin, sie fragt nach dem CEO, sie lässt sich von diesem die Marketingstrategien erklären und will wissen, wo man denn anschliessend speisen wird.

Die Tage, die folgen, laufen nach Drehbuch ab. Wiederum akribisch hat Milla jeden *Take* entworfen, jede Szene ihrer Storys ist peinlich exakt durchdacht, jedes Detail, die Location, die Tageszeit, der Lichteinfall, die Blickwinkel der Kamera und allem voran die Produkte-Platzierungen. Man tut so, als wäre, was immer ins Bild rückt, ein leibhaftiges Wesen, mit dem man zwar herumquatscht, aber dem man einen Respekt zollt, als wäre es von Fleisch und Blut und von weltbewegendem Geist. Milla und ihr Papa schwadronieren – immer ins Smartphone starrend – wie einzigartig und einmalig und unübertrefflich ist, was sich hinter ihrem Rücken zeigt und nun die zukünftigen Betrachter in ein Flash versetzen soll. Sie schwärmen von der Terrasse des Grand Hotel und ihrem Blick über die Stadt, von den Wasserfällen der Siebenbrunnen im Berner Oberland, oder vom Thunersee und seinen Winden, und dem Pyramidenberg im Hintergrund, dem Niesen. Und Papa flicht dann seine Pläne ein, erzählt vom baldigen Hochsee-Turn, auf den ihn seine hübschen Töchter begleiten werden, und wie ihm dabei sein High-Tech-Segler-Modell am Handgelenk vorzügliche, ja unerlässliche Dienste leisten wird.

Im Club tanzt er mit Milla und ihren Freunden, im Gewühl und Flackern der Lichter, mal abseits, mal mittendrin, er gibt sich sportlich und keine Blösse und er hält mit, er schwitzt nicht mehr als die anderen. An der Bar tut Milla, was sie immer tut, sie greift zum Smartphone, sie filmt ihre Sequenzen, sie fängt die Stimmungen ein, hier dürfen die Bilder verwischen, unruhig sein, gut sogar! Nur, wenn sie die Prestige-Uhr am Arm des Papa zeigt (selbstverständlich eine andere, nicht diejenige fürs Segeln), zoomt sie aufs Objekt und verharrt auf dem Zifferblatt, das funkelt im Licht der Stroboskope. Später wird Milla die *Takes* aus dem Club zusammenschneiden, mit ein paar Statements aus dem Hotelzimmer, da hat sie Papas Faszination am Zeitmesser mitgeschnitten, in zufälliger, lockerer Manier, klar.

So geht das weiter, noch ein Filmchen auf Papas Baustelle mit der Arbeitsuhr, die intelligent mitdenkt und sich mit den Rechnern vernetzt, und für den Finish ein letzter Clip am Jet d'eau in Genf. Milla werkelt die *Takes* fleissig zusammen, versieht sie mit Hashtags, gibt sie frei auf Instagram und zeigt dem Papa selbstbewusst das Ergebnis: die Storys seiner blendenden Erscheinung, ein Papa fürs Bilderbuch, der vielseitige Connaisseur, die väterliche Stil-Ikone, sie rühmt sein nobles Understatement, das er am Handgelenk trägt, und das sie nun ins Gegenteil verkehrt: in die extrovertierten *Posts* im Internet.

***

Auf der Rückfahrt in den Jura will sich die Leichtlebigkeit nicht mehr einstellen, weder Milla noch Vater Taub wollen verstehen, warum. Auf der Rückbank führen sie die Uhrenmodelle mit, sie sind nur ausgeliehen, für den Instagram-Dreh, und gehen nun an die Fabrikanten zurück. Ein kleines Vermögen liegt hinter ihnen, auf dem Sitzleder, und könnte doch wertloser nicht sein. Alles hat seinen Zweck getan, die Uhren, die Storys und eben auch der Papa. Milla ist mit dem Kopf schon in den nächsten Geschichten, bei anderen aufpoppenden Produkten, die sie in frischen Clips anpreisen muss. Sie weiss, das Zeugs muss ihrer Existenz einen neuen, nie dagewesenen Kitzel abringen, will heissen, es muss so aussehen als ob.

Papa nervt auf einmal, er will ständig wissen, wie die Zahlen stehen, wie oft die Uhren-*Posts* auf Instagram gesehen und bewertet werden, und was die Follower sagen, zu ihm als Papa. Auf einmal spürt Milla erneut diesen heftigen Drang, wieder reisst es sie in den einen, stets gleichen Fluchtpunkt: Jetzt einfach das Studium durchziehen, einfach unbeirrt vorwärts machen, die vielen Schlunde ihrer hungrigen, ihrer gieriger werdenden Kundschaft im Netz unablässig füttern und stopfen, bis genug Kohle da ist, bis sie sich Freelancer leisten und losschicken kann, die all die filmischen Häppchen so vorbereiten, dass sie nur noch bei den *Takes* und dem *Finish* dabei sein muss. Eines ist sicher, sie will für die vielen Drehs nicht mehr recherchieren und planen, andere sollen das machen, sie hat genug von diesem nervtötenden Kram!

***

Trophäe Nummer drei: Wie kann sie anstrengen, so richtig, durch und durch, anstrengen tut sie schon lange, jetzt soll es heftig werden. Der entscheidende Wettkampf steht an!

Taub findet keine Ruhe, muss ständig in Bewegung sein, rennt herum, lässt jeglich Ding sofort fallen, ergreift eine Initiative nach der anderen, um sich von einer jeden auf der Stelle wieder zu verabschieden. Natürlich, die Erregung treibt immer an und vorwärts, hält ihren Trab aufrecht, aber wenn sie in die Nervosität kippt, in die Ausweglosigkeit und schliesslich den Irrsinn, dann ist wirklich nichts mehr gut, dann ist Matthäi am Letzten, sowas hält keiner mehr aus, nicht einmal der Taub.

Aus solcher Bedrängnis kann nur ein Ventil noch helfen. Segeln zum Beispiel. Auf dem Neuenburgersee, von Chevroux aus: Tausend Boote liegen Im Hafen, darunter auch Taubs Preziose. Gefertigt aus Verbundstoffen der leichtesten Art, langgezogen, windschnittig zieht sie eine jede und einen jeden in ihren Bann, aber keinen so wie Taub, der alles vergisst, wenn seine Hand über den hartlackierten silbrigen Rumpf des Schiffes gleitet oder das Teakholz des Decks streichelt und den Kuss anbringt, den er zuvor innig in ihre Innenfläche gedrückt hat.

Auch Jenny braucht jetzt ein Ventil, seine Nummer drei, die älteste. In drei Tagen wird sie die Latte noch höher legen, wird sie ihren Rekord brechen müssen, wird sie sich katapultieren lassen, in neue Sphären, in die Elite Europas. Was hat Taub nicht schon investiert, über die Jahre hinweg, ins sportliche Glück der Jenny, in ihr Training an der Hochschule in Magglingen, sie hat das Zeug zur Spitzenposition und sie hat ihre Sternstunden. In der Tat, wenn alles zusammenfindet, was zusammenfinden muss, dann übertrifft sie alle, dann holt sie eben die Sterne vom Himmel, dann fliegt sie über die Latte, elegant, mühelos, als wäre sie ein knochenloses, luftiges Wesen aus einer anderen Welt, das sich seinem Hindernis anpasst und dieses schwerelos überströmt. In diesen Momenten der Glorie setzt die Jenny Massstäbe und wird zur Stilistin unter den Stabhochspringerinnen.

Wäre da nur dieser Haken nicht! Denn eines bietet die Jenny nicht, es fehlt ihr an Konstanz, sie hält dem Druck im Wettkampf nicht stand, zumindest nicht immer. Zugegeben, sie hat es geschafft, dann und wann in die vorderen Ränge der Juniorinnen vorzudringen, aber es ist ihr blöderweise nur gelegentlich gelungen. Taub hat sich alles Mögliche einfallen lassen, Psychologen mussten her, Esoteriker auch, wer immer Hilfe versprach. Allesamt versichern sie wortreich, dass Jenny Fortschritte macht, kleine, aber stetige, ja, ja, sie kommt doch auf einen grünen Zweig, oder?

Grüne Zweige sind Taub nicht genug und Fragezeichen mag er gar nicht, Zweifel sind das schlimmste Gift, vor allem jetzt, wo die grosse Chance kommt: Jenny kann nachrutschen, vom Ersatzplatz. Sie fährt an die Europameisterschaft, an die richtige, zum ersten Mal und nicht mehr als Juniorin. Vielleicht entpuppt sich gerade diese Ausgangslage als ihr Glück, dass sie nämlich nicht damit gerechnet hat, noch nachnominiert zu werden und hinfahren zu können und dass es in ihrem Kopf nicht schon seit Wochen schwirrt vor lauter Erfolgsdruck und Versagensängsten.

Aber was tut man denn so kurz vor der Abfahrt, um nicht dennoch verrückt zu werden? Der Vater und sein Ehrgeiz werden kaum beruhigen, Jenny weiss das, nur hat sie keine Alternative und vielleicht schaffen der Neuenburgersee und seine Winde ja Abhilfe, sie werden ablenken, sie werden die bösen Gedanken davontragen. Jenny nimmt die Einladung ihres Vaters an, zum Segelausflug am Jurasüdfuss und steigt in Biel/Bienne ins väterliche Auto. Taub drückt aufs Gas, keine vierzig Minuten dauert die Fahrt nach Chevroux, bestes Segelwetter, warmer, heftiger Südwind: der Scirocco hat die Alpen überwunden, Windstärke 6, nichts für Anfänger. Wir werden fliegen, Jenny, fliegen!

Voll aufdrehen muss Taub den Motor der Segeljacht, selbst seine *Lightning*, mit Hightech vollgestopft, kommt ins Ächzen. Irgendwie geht es, irgendwie gelingt ihnen die Ausfahrt aus dem engen Segelhafen, gegen die launischen Gewalten der Seitenwinde. Einmal aus den Molen heraus stoppt Taub den Motor und setzt die Segel, energisch und grosszügig, sogar das Vorsegel zieht er hoch, weit nach oben, trotz heftiger Böen. Was will er nur, was treibt ihn an?

Wozu habe ich so viel investiert, fragt sich Taub, in die Auswahl eines sturmtüchtigen Bootes, des sportlichsten Typs, für die allerpfiffigsten Winde, wozu habe ich die vielen Kurse und Turns absolviert, auch bei miesem Wetter? Soll sich ein Taub beeindrucken lassen, wird mich das bisschen Südwind unterkriegen? *Never*. Die Jenny soll sehen, wie man kämpft, wie man den Kurs hält, wie man keine Kompromisse macht, nicht beim Tempo, nicht am gesetzten Ziel, nicht an den Plänen, die man sich im Kopf präzise zurechtgelegt hat.

Die *Lightning* krengt wie nie, beim Wenden flattern die Segel, nicht wie üblich, nein, sie knallen ohrenbetäubend an die Masten und gegen sich selbst in ihr brettiges Tuch. Triefend nass vor Gischt ist schon lange alles, ihre Kleider, ihr Haar und vor allem die Schoten, sie sind auch mit den Handschuhen kaum zu packen. Das Ziehen und Reissen ist härteste Arbeit.

Siehst Du, Jenny, na? Siehst du, brüllt der Taub gegen die Winde an und zieht die Jenny zu sich, spürst du, wie uns alles gehorcht, einfach alles? Wir sind rasend schnell, wird sind gut, wir sind besser, wir sind klüger als der Widersacher! Was ihn stark macht, macht auch uns stark, macht uns stärker noch. Wir machen seine Waffen zu den unsrigen, ha! Nichts kann er uns anhaben, rein gar nichts, im Gegenteil. Hart mag er uns anpacken – wie hart auch immer –, sputen müssen wir uns, es geht an die Grenzen, aber wir bleiben unantastbar, nichtsdestotrotz. Wie das Wort passt: Nichtsdestotrotz. Schreib es dir hinter die Ohren, meine Liebe, es ist ein Zauberwort. Wenn dich bald der Stab wieder in die Luft hievt, wenn sich seine Spannung und Energie auf dich überträgt und wenn die Latte immer noch über dir liegt und deiner spottet, obwohl du alles gegeben hast, um sie zu überwinden, dann sprich das Zauberwort: Nichtsdestotrotz!

***

Der Hokuspokus hat nicht funktioniert, man könnte fast sagen: nichtsdestotrotz, aber andersherum, allem Himmelsflehen zum Trotz. Jenny hat die höchsten Latten nicht erreicht und auch die Elite nicht. Sie mag jetzt keine Erklärungen suchen: Überhaupt ist sie der Erklärungen müde, einfach nur überdrüssig! Und traurig ist sie auch, denn sie mag das Überfliegen, auf Teufel komm raus, sie mag es, in die Höhe gewuchtet zu werden und sie liebt diesen Moment der Schwerelosigkeit, diesen Moment, für den es auch keine Erklärungen zu geben scheint. Alles ist dann aufgehoben, die Anstrengung, die Anspannung und die Ungewissheit. Latte hin oder her, für einen aller-allerkürzesten Moment spielt nichts mehr eine Rolle, nur die Freude vielleicht, die Freude auf den völlig entspannten Fall, auf das Aufgefangenwerden, von der dicken Matte, der weichen, die alles verzeiht und wo es in jedem Fall endet. Sie ist so verständnisvoll, die Matte, sie hat noch nie reklamiert, nicht ein einziges Mal.

Viel mehr weiss Jenny nicht, ob sie weitermacht oder aufhört, ob sie einen anderen Ort der Schwerelosigkeit findet. Sie lächelt müde, sie ist ja schon so ein Nichts, so spindeldürr, sie müsste im Grunde genommen ja dauerhaft schweben können, es müsste im Grunde genommen einen Ort geben, wo es sich stets schwerelos sein lässt. Mit dem Vater mag sie nicht mehr reden, er wird womöglich auch nicht mehr reden wollen, worüber auch?

***

Soeben ging die Zündung los, die Feuerung! Was heisst hier Feuer? Vielmehr eine veritable Explosion, das haut schon besser hin oder passender noch: Explosion um Explosion, eine Kette von Explosionen, ein ganzes Bündel davon. Taub fühlt, wie er dem Himmel zu jagt, wie er in diesen eindringen wird, wie ihn ein maximaler Schub in die Höhe treibt, wahrlich k-a-t-a-p-u-l-t-i-e-r-t. Gleich wird es ihn zerreissen, gleich wird es ihn zusammenstauchen, in einen einzigen Haufen von Knochen und Fleisch. Und er wird sich verwandeln, in einen komplett neuen Zustand, in ein neues Sein: Es wartet der ultimative Genuss, seht alle doch her, denkt Taub, er wird sich diesen gönnen, exakt diesen nur, zum ersten und letzten Mal. Egal, wenn dabei der Kopf zerbirst, egal, wenn das Herz in tausend Stücke fliegt!

Wer kann das Unfassbare fassen? Wie sollen die anderen ergründen, was man selbst nicht ergründen kann? Tatsächlich der Höhepunkt? Wird es überhaupt noch mehr geben können? Wie soll danach noch eine Steigerung möglich sein?

Taub ist unendlich stolz. Das Nonplusultra hat er sich ergattert, er hat sein ganzes Vermögen zusammengekratzt, was solls, er kann Geschichte schreiben, nicht irgendeine, sondern seine, er kann sie endlich richtig erzählen, alle werden jetzt kapieren, worum es ihm geht.

Da sitzt er in der Rakete, Weltraumflug für Passagiere, für die allerersten, in wenigen Augenblicken wird sein Projektil das Unermessliche erreichen, wird es hineinstechen ins All und dieses aufs Neue befruchten. Ein paar rasende Herzschläge noch und die menschliche Begrenzung wird so klein nicht mehr sein. Taub ist ausser sich, Erregung total, er fühlt wie auch in seinem Weltraumanzugs-Ding, zwischen seinen Oberschenkeln, alles nach oben bolzt und er glaubt, dass sich einstellt, wovon er bis jetzt keine Ahnung hatte und wovon alle insgeheim geschwärmt haben: der ominöse Höhepunkt!

Nachhelfen müsste er, handwerklich, aber das geht jetzt nicht, wie will er sich, angeheftet in der Kapsel und zigfach verschlaucht, jetzt Abhilfe verschaffen? Verdammt noch mal, muss sich gerade in diesem Moment, wie angeworfen, dieses hässliche Gefühl, diese Mischung aus Verzweiflung und Trauer einstellen? Da hat er buchstäblich die Welt vor Augen, die ganze runde, blauweiss leuchtende Riesenkugel, da sitzt er im Booster aller Booster, wie es exklusiver nicht geht, und was passiert?

Es tut sich der Abgrund auf, es öffnet sich das Bodenlose! Nicht genug, dass seine Töchter nicht seinem Fleisch und Blut entstammen, also wahrlich seine Töchter nicht sind, nicht genug, dass alle Therapien nichts geholfen haben, nicht genug, dass mechanisch bei ihm alles funktioniert, dass er immer kann, rund um die Uhr, und immer liefert, aber warum, Himmelherrgott noch mal, warum kann ihm keiner erklären, was dieses Zeugs ist, dieser Scheiss-Höhepunkt, warum kriegt er diesen nicht hin, warum kennt er es nicht, dieses sogenannt orgiastische Glücksgefühl, schlimmer noch, warum kann nichts erstehen aus ihm, dem Taub, kein Neuanfang und schon gar kein neues Leben? In den Aufstieg, in die Aufrichte selbst hat er sich infiltriert und nun klebt er da, zusammengesackt, von sich selbst besudelt, verlustig aller Kontrolle.

Nie zuvor hat Taub getan, was er jetzt tut, er weiss auch nicht, was ihn treibt, er muss in der Kapsel alles mit sich geschehen lassen. Es schreit aus ihm, es schreit sich die Seele aus seinem Rumpf, weg will sie, ganz simpel: Niki! Milla! Jenny! Ihr habt mir doch gehört? Ich war doch euer Vater? Ich bin es doch, euer wirklicher Vater! Wer denn sonst hat eure Existenz gezimmert, wem sonst habt ihr euer Schicksal zu verdanken? Wo seid ihr auch? Ich höre euch nicht! Niki? Milla? Auch nicht dich, Jenny!

***

Doch, doch! Sie waren alle da, zufälligerweise, vor Ort, in Fleisch und Blut, auch die Gattin Taub, noch mitten in der Nacht. Die Töchter haben ihn ins Spital eingeliefert. Hirnerschütterung beim Aufprall auf der Erde. Schlafzimmerboden. Sturz aus dem Bett, böser, böser Traum. Und feuchter Traum gleichermassen. War ihm sowas von peinlich, dem Taub, er ist ja superpotent, er weiss das, aber nasse Hose beim Aufwachen?

Verzählung Nummer siebeneinhalb

Fragestunde

An unendlich langen, an unwirklichen Fäden zieht der Mond sie in sein Reich, er hat sie gerufen. Jede Nacht ruft er sie!

Wie kann er nur so halbbatzig am Himmel hängen, wie kann er nur so scheinbar scheinen, wie kann er nur so tun, als ob gar nichts wär? Ehrenwort! Wenig kümmert es ihn, was will er sich Gedanken machen? Alle kommen sie nämlich, durchs Band, auch der Hinterletzte wird auftauchen noch, zweifellos. Subtil des Mondes Geflüster, es findet jedes Ohr, ein pfeifendes Rauschen, ein rauschendes Pfeifen: Ssss... ffff... huuiih... huuiih..., kleines Schlafliedchen nur, huuiihh... ffff... ssss..., kleines Schlafliedchen zur Dämmerzeit.

Schau ihn dir an, Konstantim, hast du je einen schöneren Halbmond gesehen? Wahnsinnig gross ist er, ich habe noch nie einen so riesigen Halbmond gesehen. Komm, sieh doch, wahrhaft eine Pracht, du darfst sie dir nicht entgehen lassen! Entschlossen steht Tilda auf und schlebt zügig die feinen Vorhänge beiseite, Strahlen dringen ungehindert ins Esszimmer, ein milchiger Mix aus allerhand Licht fällt ein, als spaltete sich die Welt entzwei, um eine neue, andersartige freizugeben. Tilda bewegt sich hinein, taucht ein, blickt durch die hohen Fenster in den Himmel und staunt, sie schweigt und kontempliert. Sie fühlt, wie Konstantim sich hinter sie stellt, mannshoch, wie er sie innig umarmt, wie er eine Wange an ihren Nacken legt, und sie hört ihm gerne zu. Den Mond müsse man mögen, sein Auf und Ab, sein Wechselspiel, seine Kunst der Wandlung, seinen Tanz um uns alle und alles herum. Den Kopf verdrehe er uns dabei, Verführung durch Verwirrung. So hast du mich auch gekriegt, Necken und Verstecken, so bin ich dir anheimgefallen, meine Liebe, meine süsse Verlockung. Charmeur du, meint Tilda, und lässt ihn gewähren. Wenn wirs schon vom Mond haben und seinem Spiel, du weisst doch, die Herbstmesse läuft in der Stadt, die Herbstmesse mit ihrem Lunapark, ich glaube, wir sollten da hin, ein Wink vom Himmel, nicht? Ich mag den Lunapark, ich ging immer gerne hin, als Mädchen schon und er zieht mich auf einmal wieder an, auf magische Art, lass uns aufbrechen, schnell! – Was jetzt noch, so spät? – Ja, heute Nacht bleibt er offen bis weit über Mitternacht hinaus, heute geht das, hab ich gelesen, sowas darf ein Lunapark, in besonderen Nächten. – Wenn du willst, Allerliebste, dann komm ich mit, wenn du willst, dann gehen wir unverzüglich hin, wir heillos Mondsüchtigen.

Und anderswo in der Stadt:

Wie er die Fäden spannt, unser Halbmond, wie er sie auswirft an den Pfeilen aus seinem Köcher! Bis ins *Le Monde Cosmétique* beispielsweise, wo Aba gerade einen langen Tag beschliesst, Stunde für Stunde eine andere Kundin! Sie hat sich mit jeder Faser hingegeben, hat sich gefunden in den Gesichtern, die sie verschönert und deren Besonderheiten sie zum Leuchten bringt. Indes, welch Elend, alles Leuchten ist weg, mitgenommen haben es die Kundinnen, Aba ist wieder Hülle, wieder Gefäss ohne Inhalt. Neben ihr, im *arrière pièce*, ihr Salvatore, ihr Faktotum fürs Technische, fürs Elektronische, fürs Oberlästige. Aba starrt ins Nichts, vor sich hin, sie starrt und starrt gedankenlos, steif aufgerichtet an der Kante ihrer Chaiselongue, sie hört es Klappern neben sich, richtet ihre Fixierung nun auf ihn und hört sich sagen: Wie bleich du bist, mein lieber Salvatore, ich habe dich noch nie so bleich gesehen, was ist denn mit dir geschehen? Gehst du nie an die frische Luft, an die Sonne? Tust du überhaupt etwas für deinen Teint, deine Gesundheit? Der Getadelte schweigt, gibt Schweigen vor, in Wirklichkeit schreibt das Hirn hinter der bleichen Stirn sofort eine weitere Programmroutine, gegen diese quengelnde Aba, gegen diesen unnötigen Energieverbrauch. Die Ablenkung selbst muss abgelenkt werden, unumwunden, sie hat jetzt nichts zu suchen, nichts im anderen, zielgerichteten und eifrigen Tun am strahlenden Bildschirm: *If input from Aba, then delete!*

Krank siehst du aus, insistiert die Chefin, Mann, hörst du mir zu? Käsebleich, wachsbleich, ich weiss gar nicht, wie ich es nennen soll. Ich habs: Mondbleich bist du, bleich wie dieser Schnitz da draussen am Himmel, wie dieser schäbige Nachtkamerad, der nur abstrahlt und sich himmeltraurig fühlen muss. – Aba, Aba, mein Hirn kriegt gerade nur *Error!* – Zum Aus-der-Haut-fahren, Salvatore, ich muss raus, ich halts nicht mehr aus, ich ertrage nicht, wie du stets und immer funktionierst, wie eine Maschine, wie du pausenlos weitermachen kannst und dabei noch gelber wirst. Du mutierst mir noch zur Leiche, die nicht zu klappern aufhört. Weisst du was? Wir gehen auf einen Sprung in den Lunapark, genau das Richtige für uns zwei, da passen wir definitiv hin, wir trostlosen Gestalten. Lass uns frische Luft schnappen, die Beine vertreten. Keine Widerrede! *Turn that thing off, shut it down, come on!*

Und? Was ist mit Taub?

Null Aufwand, sagt der Mond. Der will sowieso zu mir, ködern ist nicht nötig, wenn einer in die Höhe will, dann der Taub. Wer ist schon sicher vor ihm? Nicht einmal ich bin es! Schon als kleiner Bub stand er in meinem Park, wie angegossen, unter der Riesenrakete, zwischen deren Triebwerkattrappen man durchschreitet, die Eintrittskarten löst und das Gelände der Attraktionen betritt. Keiner wusste es, nur er selbst und dies mit unerschütterlicher Gewissheit: Einmal werde ich in der Kapsel sitzen, ganz oben, und auf alle herabschauen, auf jeden und die ganze Welt.

Jahr für Jahr taucht Taub auf, immer noch bleibt er kurz stehen am grossen Tor zum Lunapark, vor dem leibhaftigen Tim-und-Struppi-Mondgeschoss, das fünfzehn Meter hoch und rotweiss leuchtend die Familienmassen anzieht.

Willst du echt schon wieder hin, wie all die Jahre, hast dus nicht endlich gesehen? Willst du den Spielplatz nicht den Kleinen überlassen? Die Töchter kichern, ziehen die Gesichter zu Grimassen, so wies der Zerrspiegel früher für sie tat, als sie noch mitgingen. Hört doch auf, hört man den Taub sagen, ich vertret mir nur die Füsse, und ein bisschen Nostalgie steckt auch in mir. Ich habe den Mond immer gemocht, er verspricht uns die Zukunft, von ihm gehts weiter, zum roten Planeten und wer weiss wohin. Dann zieht Taub eine Karte aus der Tasche seines Vestons, hält sie seiner Familie vor die Augen und flüstert in die Runde: Der Magier, der Vermittler zwischen Himmel und Erde, hat mir die Wahrsagerin gelegt, jaja, im Lunapark, und ihr werdets nicht glauben, sie hat mir die gleiche Karte schon mehrfach gezogen, sowas kommt nicht von ungefähr. Zum Mond geh ich jetzt und vielleicht bleib ich dort. Tschüss!

Und (ein letztes Mal):

Zum Schluss kommt seine wirklich leichte Beute, es kommen die ihm Verfallenen, die Besessenen und Verrückten, *the lunatics*. Herumgewirbelt, hoch- und heruntergerissen wollen sie werden, das Herz soll in die Hosen rutschen, alles andere Kopf stehen. Man muss sich selbst entfliehen, man muss die Welt durchsteigen, man muss das Schlupfloch doch finden können! Im Rausch wird es leichter fallen, bestimmt, wenn die Welt sich schneller dreht und zu rasen beginnt, wenn man die Kontrolle verliert und nur noch loslassen kann.

Nein, denkt Zenz, dieser Mist wird noch zur Gewohnheit, muss das schon wieder sein? Wirklich! Sagen tut er nichts, Hinstehen bräuchte Energie, die er nicht aufbringen will, zumindest nicht für sowas, also lässt er sich umgarnen, vom Zappelding an seiner Seite, der Maxima, die obendrein zur Quasselstrippe mutiert. Dabei hat sie ihm doch versprochen, weniger zu sniefen, den Kick woanders zu suchen oder ihn ganz zu lassen, zugunsten anderen Glücks, wie der Gelassenheit oder weiss der Teufel was.

Sie knutscht an ihm rum, sie belästigt ihn, Enzo, *I need you*, Enzo, *don't be a jerk!* Er windet sich herum, er greift zuruck, bis es ihm plötzlich kommt, ein Einfall, ein bösartiger überdies. Er wird der Maxima den ultimativen Kick verschaffen, er wird ihr Laber-Flash kurieren. Er weiss, wo Speed zu haben ist, er weiss, dass Speed kippen kann, in die Panik, in den Horror. Und den gibts unweit, im Lunapark, *who knows*, was passiert, wenns aus dem Ruder läuft, auf den Vergnügungsschleudern. Also flüstert er ihr schlüpfriges Zeugs ins Ohr, ob sies denn schon mal getrieben habe, in den Putschautos oder auf dem Riesenrad. *Hell...o, ah, Hell no,* lallt die Maxima, *but let's not miss out, let's go.*

***

Der Lunapark hat sein Versprechen gehalten, locker, man kriegt, wofür man bezahlt. Der Horror hat sich finden lassen, ohne Umschweife, nur hat er in seiner wahren Form den Falschen erschüttert, den armen Zenz nämlich, die Maxima hingegen war nicht zu beeindrucken, nicht aufs Geringste. Gesoffen hat sie, quer durchs Angebot, sie hat das Zeugs gleich wieder verschleudert, aus ihrem Magen übers Kunstleder des Putschautos, über den Kabinenboden im Riesenrad, sie hat den ganzen Scheiss-Cocktail aus sich herausgekotzt und fühlt sich geradezu nüchtern, *wow, that's what I had in mind, that's what I needed.*

Und dann rückt dieses verrückte Ding in ihr Blickfeld, dieses Ding, das um sich selbst rotiert, nicht in der Waagrechten, nein, in der Senkrechten: die Überschlagsschaukel. Das gabs noch nie, brüllt die Maxima, komm wir probierens aus, das wird sowas von geil, aber sie schafft es nicht, den Typen neben sich zu motivieren. Zenz will nicht, er lässt nicht mit sich reden: Geh du allein hin, ich schau dir zu, ich putz mir noch dein Erbrochenes vom Hemd.

Sie machts, Maxima begibt sich auf den *Moon Loop*, holt Anlauf, wie auf der guten, alten Kinderschaukel, die nun ungemein grösser ist und die sich beschleunigen lässt, bis sie Kopf steht und hernach rundum dreht, um die eigene Achse, im weiten Bogen. Maxima schreit kantige Lacher in den grellen Lichterbrei um sie herum, beschleunigt weiter, fügt einen Looping an den anderen und dann tut sie, was nur Wahnsinnige tun, sie streift sich die Sicherheitsfesseln ab, aus denen sie sich schon vorher halbwegs und unauffällig befreit hat, und heult drauflos, atemlos, bar jeder Hemmung, jede Sirene ein Dreck dagegen. Zenz befällt ein grusliges Schaudern, er blickt betreten weg, soll es die Maxima auf den Mond pfeffern, soll es sie aus dem Universum schleudern, es wär ihm so lang wie breit.

Jetzt bist du dran, kein Kneifen mehr, du hast dich schon um viel zu viel herumgedrückt. Nimm es, wie du willst, Höllenritt oder Sternenflug, diesen *Thrill* darfst du dir nicht entgehen lassen, einmalige Sache, mein Zenzchen! – Spinnst du, immer noch neben den Schuhen, immer noch am Rotieren? Und nenn mich nicht so, wir haben uns auf Enzo geeinigt, verstanden! Ausserdem lassen die mich nicht mehr auf die Schaukel, nicht nach deinem Kamikaze, nicht nach dem Theater mit dir, hat mich was gekostet, dich da rauszuholen. – Nicht wirklich! Faule Ausrede, warum sollten die das nicht tun, so brav, wie du ausschaust? Hab echt gedacht, du hast dem Angsthasen in dir in den Arsch getreten. Hattest du nicht vor, deine Komplexe den Bach runter zu spedieren? – Was weisst du schon, Maxima? Vielleicht ist mehr den Bach runter, als du denkst, ich trete in den Arsch, wem ich will, halt dich gefälligst raus und mach mal halblang. – Schiss hast du, du hattest immer Schiss, Schiss verstellt dir dein erbärmliches Leben, Schiss kommt von Scheiss, das weisst du schon, nicht? Und wenn was dran ist, an deinem Aufbegehren, und wenn du wirklich wehrhafter geworden bist, wenns wirklich so wär, dann hätten wir schon mal was, wir wären ein gutes Stück weiter, okay, okay. – Wir? Was wir? – Wir, du, *whatever*, kein Ablenkungsmanöver bitte! Hör mir eher mal zu, ja? Lass mal die Frage an dich ran, ich meine richtig an dich ran: Was kommt nach dem Schiss, wenn der Schiss weg ist, Enzo? Was ist dann, lieber Zenz? Traust du dir endlich über den Weg? Weckst du mal die eigene Stimme? Und wirst du ihr folgen? – Hmm… komisch…, sagst ausgerechnet du, du Oberheimatlose, du Fluchtwesen, Wegrennen lernt man doch nirgends so gut wie bei dir! Schreit die Stimme so sehr in dir, dass du ständig davonlaufen musst? Und jetzt willst du mir hier inmitten der Welt der Schausteller und Gaukler eine Lektion übers Leben erteilen, das pralle und volle, das wahre? Du willst mir sagen, dass ich mich endlich trauen soll? Dass ich meine Hemmungen überwinden, ins Katapult steigen und die Schleuderfahrt geniessen soll? Du willst mir Mut beibringen? Das ist nicht Mut, was du zeigst, das ist Übermut und Verstiegenheit, das ist Überdrehtheit, buchstäblich. Sowas brauch ich nicht. – Mag es sein, was es will! Aber keiner soll mir vorwerfen, ich würd nicht ausleben, was ich will. – Du hast doch genauso Schiss wie alle anderen, Maxima, sonst würdest du dir nicht dauernd beweisen wollen, dass du keinen hast.

***

Er zahlt ihr schon die dritte Runde, den dritten Flug, den Wellenflug, wenn man es genau nehmen will, ein Auf und Ab, ein Nieder und Hoch im zentrifugalen Sausen durch die Luft. Tilda möchte, dass es nie aufhört, dass es nie ein Ende nimmt, nie und nimmer: der gepflegte Rausch, ein Kräuseln im Bauch, ein Brennen im Wind, ein Aufgehobensein in der wuchtigen Leichtigkeit. Der Mann im Häuschen, wo es die Jetons gibt, hat längst begriffen, dass eine Nimmersatte mitfliegt, die ihrem Begleiter im Zweiersessel an der Brust liegt und es geniesst, seinen Arm um ihre Schulter zu spüren. Also lässt er die Tour länger laufen, fast doppelt so lang, er will auch sein Amüsement bekommen, er will am Glück der anderen ein ganz klein wenig selbst teilhaben und er mag es nicht, wenn Träume enden. *Dolore al cuore* hat er sein Riesenkettenkarussell benannt, der Schriftzug glüht hellrot über dem Kassenschalter. Knallbunte Paneele berühmter Liebespaare schmücken den Drehkranz vom Karussell, alle sind sie umringt von Kopfspiegellämpchen, die ihr Licht zurückwerfen, auf Romeo und Julia, Bonny und Clyde, Barbie und Ken und dort auch auf Sissi und Franz. Nur Lady Di hängt verloren da, ohne Schatz.

Wunderschön, das war schlicht wunderschön, seufzt Tilda und lässt sich neben ihren Mann auf die Parkbank fallen, warum ist nicht immer Lunapark, das ganze Jahr über! Ich brauche nicht mehr, einen Zweiersessel, dich an der Seite, wir verschmelzen und es kann uns nichts mehr passieren. – Jo, Zweiersessel passt auch für mich, ich möchte nicht mehr raus. Weisst du, allein wär ich nie ins Karussell gestiegen, das tue ich nur mit dir – ein herzhaftes Lachen bricht in Stössen aus Konstantim hervor und lässt seine Schultern wackeln –, nur mit dir lass ich mich an die Ketten legen, nur mir dir dreh ich gern im Kreis herum, tausendmal! – Du glaubst gar nicht, sagt Tilda ernst und feierlich, wie glücklich ich bin, es ist auf einmal so einfach, so klar, so unfassbar elementar: die gleiche Luft atmen, in diese Luft die Beine strecken, die Beine verhaken und sich ineinander drücken lassen, von den Kräften, die an uns reissen und uns zerschleudern wollen. Nie hätte ich gedacht, nie im Leben, dass ich ein solches Glück noch erfahren darf. Tilda tupft die Tränen von den Wangen, die vielen vom Fahrtwind und andere noch. Stille. Noch etwas Stille dazu.

In die Stille der Konstantim: weisst du noch – wieder eine Pause –, du warst so überzeugt, dass es die Liebe nicht gibt, dass dich keiner findet, dass dich keiner erkennt, dass etwas in dir leer ausgehen wird, ja, dass und dass und dass... Und wie fühlt es sich jetzt an, wie ist es wirklich? Ich meine, wenn man das Schöne abzieht, die funkelnden Lämpchen und die Sause im Wind, würdest du sagen, dass dich die Liebe zum Schluss gefunden hat? Hast du nun, was du lange vergeblich suchtest, was dich zu einem Ganzen macht? Wird das nun ausreichen, dieses Gemeinsam-im-gleichen-Sessel-Kleben? Oder doch noch *dolore al cuore*, schmerzendes Herz?

Tilda wendet sich Konstantim zu und legt ihre Hände an seine Wangen. Dann küsst sie ihn, innig und mehrfach. Ein kleiner Schlingel bist du schon, ich werd dir nicht sagen, dass du mir nicht genug bist, bestimmt nicht und schon gar nicht in dieser perfekten Nacht. Es geht mir vieles durch den Kopf, aber ich werde mir etwas Zeit nehmen, ich werde nachdenken. Beim nächsten Mal, wenn wir den Boden verlieren, wenn wir wieder durchgewirbelt werden, werde ich es dir ins Ohr flüstern.

Das hat Tilda auch getan. Sie hat ihrem Konstantim mehrere Antworten geben. Die Naheliegende zuerst. Dass man im Leben durchgerüttelt werden müsse, damit das Festgefahrene wieder in Gang komme und nur die wahre Liebe schaffe es, dies gründlich zu tun. Sie glaube sehr, dass seine Liebe sie befreit habe, von vielen Ängsten, Zwängen, all dem alten Kram.

Oder die psychologische Antwort: Allein die Tatsache, dass ihr, rein für sich selbst, nichts mehr daran liege, die Frage zu beantworten, zeige eindrücklich, dass sich das Problem gelöst habe, und radikaler noch, dass sich die Frage überhaupt nicht mehr stelle. Oder, oder... Tilda wird nicht alles verraten, sie findet auch immer wieder Antworten und sie weiss, dass Konstantim selbst Anlass ist, weshalb sie dann und wann auf eine neue stösst.

***

Die Nacht im Lunapark bleibt nicht stehen, Gott behüte. Kleine Umdisposition, kleiner Abtausch. Tilda und Konstantim entdecken Maxima und Zenz, mitten im Gewühl. Konstantim will von seiner Halbschwester wissen, wie es dazu komme, dass man sich ausgerechnet hier treffe. Kleine Vorstellungsrunde, kleine Bekanntmachung unter den noch nicht Bekannten. Betretenheit. Das Gespräch will in Gang nicht kommen, Tilda merkt, wies klemmt bei den anderen, sie muss nicht lange überlegen, sie hat Lust auf das Unerwartete. Wie wärs denn, wenn Maxima und ich was unternehmen und ihr zwei Männer geht den Lukas hauen oder ein Bier trinken? Irgendwie finden wir uns dann wieder, ein Dreiviertelstündchen? Ich wüsste was, Maxima, kommst du mit?

***

Wir statten Esmeralda einen Besuch ab, schlage ich vor. Es gibt keinen Menschen, der nicht bei Esmeralda war, sie ist ein Unikum, uralt und doch alterslos, jede und jeder muss sie erlebt haben. – Tönt schräg, ich tippe auf esoterisch, orakelt Maxima und trifft ins Schwarze. Esmeralda hält viel auf sich, führt Tilda aus, auf ihr Hexenhandwerk, ihre Hellsicht, natürlich erklärt sie sich nicht, aber ihre Aura lässt keinen Zweifel an ihrer..., mir fehlt das Wort, wie soll ich sagen..., an ihrem Es-führt-kein-Weg-an-mir-Vorbei. – Dann müssen wir ja hin, was bleibt uns anderes übrig? Ich lasse mich überraschen.

Ein altes Wohnmobil, dreckiges Silber, dunkle Scheiben, wie diese amerikanischen Dinger, die aussehen, als hätte man eine Weihnachtskugel aufgeblasen und langgezogen. Es steht abseits, unbeleuchtet, inmitten von Haselstauden, nur an der Tür drei schwach leuchtende Kugeln, beinahe Ton in Ton, eine in Türkis, eine violett, eine lila. Ein ungemütliches Gefühl beschleicht Maxima, muss das wirklich sein?

Xsss... gssss... suchst hier was, Mädchen, suchst hier was, gsss... Weiss, wer du bist, Mädchen, weiss wer du bist, xsss..., vor allem weiss, was du nicht bist, was du nicht mehr bist, xsss! Maxima will den Mund öffnen, aber sie kriegt ihn nicht auf, geht nicht. Zackig ergreift Tilda ihr Handgelenk und zieht sie zu sich, auf das, was vor fünfzig Jahren vielleicht ein Küchensofa war. Ein Knirschen und Knacken, die Federn schmerzen am Gesäss. Zu Maxima sagt ein scharfer Blick Tildas: Hinsetzen, passieren lassen, keine kommt hier lebend raus.

Riesenzeremonie, Duftkerzen, Weihrauch, Katzen überall, Esmeralda kramt Brimborium hervor, räumt es wieder weg. Ein Xsss hier, ein Gsss dort, unverständliches Gesäusel, die Luft wird schlechter und schlechter. Ein Säcklein landet in Maximas Schoss: Sieben, sieben! Steine für dich, xsss... nur Steine für dich! Wieder Tildas Regie, sie raunt zur Sofanachbarin: zieh sieben Steine, für jedes Chakra einen, mach schon und wirf sie auf den Tisch. *What a bullshit, what a delusion,* viel mehr fällt Maxima nicht ein, sie mag die Augen der Esmeralda nicht, sie haben ihr nichts zu sagen, das sind keine Augen, das sind Marmeln nur, kullernde Kugeln. Du kannst mich mal, gibt Maxima wortlos zu verstehen und reisst den Beutel weit auf, wählt ihre Steine, einen nach dem anderen, ganz gezielt, und legt sie vor Esmeralda aus, übereinander, so wie es ihr passt. Dunkel mag sie sehr, auf dem Tisch liegen jetzt dunkle Steine, grün, grau, schwarz, sieben davon und Maxima legt noch einen dazu, extra, einen blutroten. Ein Blick zu Esmeralda: Schau mal, wie du damit klarkommst, du dumme Kuh!

Esmeralda lässt zwei Katzen über die Steine steigen, eine schickt sie von rechts, eine von links, dann schlägt sie mit der Faust auf den Tisch, dreimal. Maximas Türmchen fällt, der rote Achat zu Boden gar, auf der Tischplatte liegen jetzt Opal über Turmalin, Aventurin unter Hämatit. Zsss! Zsss! Kein Leben mehr, Leben ist tot, nicht Spur von Leben. Ein grelles Lachen entfährt Esmeralda: Zu spät, Leben ist schon weg, Leben ist schon lange weg. Steine ohne Kraft, ohne Kraft für dich, Mädchen. Steine nicht schützen mehr. Alles nur tot. Gsss... Muss mich legen hin, schlecht ist, schlecht mir ist. Geld in Schale bitte, dort in Schale. Ein Vorhang ruckelt und verschluckt Esmeralda. Die Tür des Wohnmobils geht auf und klatscht hart zurück: Abgang Maxima und Tilda.

Ich kaufe uns eine Zuckerwatte, gehört auch dazu, oder? Tilda stürzt davon und lässt Maxima warten, ein Weilchen nur, die Geschichte etwas verrauchen lassen! Hier kommt sie schon wieder: Hör mal, das war jetzt skurril, ich weiss, sorry. Sie hat auch ihre schlechten Tage, die Esmeralda. Meistens war sie lustiger, tut mir echt leid, liebe Maxima. Ich hoffe, du nimmst den Zauber nicht ernst, es gibt keine Vorsehung, bestimmt nicht. Bei mir kommt immer alles anders.

Weiss schon, weiss schon! Maxima mag nicht reden, wer ist diese Tilda? Wie kann sie glauben, dass Zuckerwatte hilft, wenn einem soeben der Tod erklärt wurde, oder viel schlimmer noch, die Abwesenheit von Leben. Verdammt, die Steine können fallen und liegen, wie sie wollen, Esmeralda mag aus ihnen lesen, was ihr gefällt, am Ende ergibt sich nichts Gescheites, alles einerlei. Wie unglaublich wahr: Die Lebenssteine passen nicht zueinander, ihre Konstellation ergibt schon lange keinen Sinn mehr. Sogar die Wahrsagerin ist am Ende ihres Lateins, stellt Maxima ernüchtert fest, wie ihr Enzo auch, wie eigentlich alle Menschen um sie herum und abgründiger noch, wie auch sie selbst. Die Elemente wollen sich nicht mehr fügen, sie sind toter als tot, sie haben ihre Botschaft niedergelegt. Warum denn nicht zurück zur Schaukel und abspringen im gefährlichsten Moment? Warum denn nicht den Speed erhöhen, das Herz durchrasen lassen, bis es steht?

Glaubst du, dass man mit dem Tod abschliessen kann, Tilda? Glaubst du, dass auch ein Leben nach dem Tod einmal ein Ende findet? Lässt sich überhaupt irgendwie, irgendwann ein Schlusspunkt setzen, hinter diesen Trubel, hinter diesen Jahrmarkt? – Um Gottes willen, Maxima, was für eine Frage! Geistert die Esmeralda noch herum? Tilda zupft an der Zuckerwatte, drückt einen klebrigen Fetzen in ihren Mund, der auf der Stelle schmilzt, und fragt: Willst du wirklich nichts von der Zuckerwatte? Weisst du, ich arbeite im Spital, seit langem schon, am Krankenbett. Ich sehe die Leute sterben, die einen glücklich, die anderen weniger. Er kommt mir schon sehr unausweichlich vor, der Tod, allen Lebensmutes zum Trotz. Und oft auch bizarr, als würde er mit einem Schlag alles zunichtemachen, was vor ihm war, als würde er des Lebens und seiner Fülle spotten. Aber ich habe ebenso das Gefühl, dass ihm dies nicht gelingen will, nicht durchschlagend. Er hängt am Leben, wie wir alle, was sollte er ohne dieses tun?

Wieder zerfällt viel Zuckerwatte. Nun zu dir, Maxima, das interessiert mich jetzt schon. Darf ich fragen? Was treibt dich um, dass du solche Fragen stellst? Was hat dich so schockiert, so aus den Fugen geraten lassen, dass du nach dem Ende vom Ende fragst? Wohl nicht der Firlefanz im Wohnwagen hinter uns? Da muss doch mehr sein. – Ein andermal, Tilda, ein andermal. – Das gilt jetzt aber! – Was? – Das Andermal! Wie gesagt, es interessiert mich.

***

KLAK? – Was sagst du? Klack, hä? – Sieh doch, da vorne, die dunkle Tafel mit den vier goldenen Buchstaben an der Baracke, *K-L-A-K*, ich glaube, der Schriftzug sieht aus wie eine Notenzeile, lass uns näher herangehen. – Klar, auf jeden Fall. – Das Klang..., das Klangkabinett heisst es unten auf der Tafel und weiter ... gleich kann ich es besser lesen ... ihre Reise durch die Welt der Laute, ihre Läuterung in sieben Schritten! Hör dir das an: *Klang & Natur, Klang & Farbe, ... & Gefühl, ... & Jenseits*, wohlgemerkt, Jenseits schreiben die da! Die nehmen sich aber viel vor! Dann *Klang & Identität, ... & Inspiration*, auch gut, gehört dazu, keine Musik ohne Inspiration! Und zum Schluss kommt *Klang & Kunst*. Nicht schlecht, ich glaube, ich kann nicht verzichten, mein Weg führt durch diese Baracke. Weisst du, Zenz, ich bin Musiker, Pianist und ich bin vor allem Komponist, ein Schöpfer von Musik. Einem Klangkabinett bin ich noch nie begegnet, sowas! Man kann sich darunter vieles vorstellen. *KLAK* spricht mich an, mein Interesse wächst mit jedem Atemzug. Kommst du mit? Ich bitte dich darum! – Du bist Komponist? Also, man kann was hören von dir? Hätte ich Kulturbanause schon was hören können, konzertmässig oder im Streaming? Zenz lässt Konstantim nicht zu Wort kommen, er springt schon zur Kasse: Natürlich komm ich mit, selbstverständlich, ... und wenn du mir dabei noch ein bisschen erzählst von deinem Musikerleben und mir hilfst, das Kabinett zu verstehen, dann sowieso. Ich hole uns Karten.

Sie durchwandern die Räume, die sieben. Die Böden knarren, die Beleuchtungen flackern. Die Filmprojektoren, die Bildschirme und Lautsprecher, überhaupt der ganze elektromechanische Karsumpel hat schon bessere Zeiten gesehen, keine Frage, aber – wie erstaunlich! – die Ausstellung zieht jede und jeden rein, vielleicht gerade wegen ihres altbackenen Charmes. Durch die abgegriffenen Plakate, die Pulte mit Knöpfen und Hebeln, die verblichenen Gegenstände und Vitrinen drückt immer noch viel Buntheit und Frechheit und manchmal gar der Aberwitz. Man spürt, die Ausstellungsmacher hatten schon damals neue Wege gesucht und sich nicht ums Gängige gekümmert.

Im ersten Raum, der Natur-Kammer, irgendwo zwischen den Geschichten um Wind- und Wasserorgeln und dem Stummsein der Fische, die in Wirklichkeit so stumm nicht sind, mag Zenz nicht mehr warten, fährt mit dem Fragen fort und nimmt nun Konstantims Antworten gierig in sich auf. Er erfährt allerlei über das Dasein eines Musikers, zum Beispiel vor welchem Publikum Konstantim auftritt, ob mit Werken von anderen Komponisten oder den eigenen, und woran er schreibt und ob er dies vielleicht selbst auf der Bühne spielen wird. Oha, kein kleiner Fisch, denkt Zenz und alles andere als stumm.

Mittlerweile sind sie im Parcours des *KLAK* schon weiter und treten ein in *Klang & Farbe*. Mitten im Raum ein Klavier mit knallbunten Tasten, ihre Farben abgestuft, einmal heller, einmal dunkler, rein oder pastell und wild durchmischt. Über die Tasten wirbelt es geheimnisvoll, ohne ein Dazutun, eine quirlige Sonate erklingt, ab Lochkarte, schwer zu sagen, aus welcher Zeit sie stammt.

Da hats einer aber bunt getrieben, du weisst mehr, Konstantim, oder? – Verdammt, der alte Skrjabin! Ein rundum eigenwilliger, ein übersinnlicher Musiker, Farbe und Töne waren nicht zu trennen für ihn. Jeder Klangart hat er eine Stimmung zugewiesen, jeder Stimmung eine Farbe. Er hat seine eigene Musik erfunden, eine neue Ordnung der Töne. Und er sah sich als Messias und wollte in Indien ein Spektakel auf die Beine stellen, das aufgeführt werden sollte, bis es jeder Mensch gesehen und zu neuem Bewusstsein gefunden hätte. Ehrgeizige Sache, nicht? Aber lies selbst, es steht hier an der Wand, im Detail. – Neues Bewusstsein, verstehe ich gut, ja, damit kann ich etwas anfangen, Musik ist Reisen, Kopfreisen, Reisen fürs Gemüt. Bereits die Tafel draussen hat davon gesprochen.

Zenz holt Luft, er holt Anlauf, er will von Konstantim wissen: Wenn die Farben für die Musik so bedeutsam sind, welche Farbe hat dann deine Musik, welche Stimmungen? In welches neue Bewusstsein führt sie uns? Der Konstantin zieht die Augenbrauen hoch und blickt zu Zenz: Will er wirklich etwas hören oder fragt er nur so? Dann erzählt er, eine Weile lang, von seiner Kompositionsarbeit, auch seiner aktuellen, von den *Unfoldings*, den Musikstücken, zu denen ihn die Tagebücher seiner Mutter selig inspiriert haben. Darum heissen sie auch so, Zenz, erst als sich mir die Aufzeichnungen entfaltet haben und ich aus ihnen heraus komponiert habe, hat sich meine Mutter in mein Bewusstsein eingewebt. Vorher wusste ich nur wenig über sie, sie hat mich früh verlassen, viel zu früh. Damals war ich ein Kind und hatte von ihrem Seelenleben erbärmlich wenig mitgekriegt.

Schon sind Konstantim und Zenz im *KLAK* ein Thema weiter: *Musik & Gefühl*. Es stockt beiden der Atem: Ein stiller Saal, ohne Ton, ausgekleidet mit Teppichen und Stoffen, selbst die Geräusche der Besucher werden verschluckt. Grosse Leinwände rundherum, darauf Tänzerinnen, die

Musik in Bewegungen übersetzen. Jede Geste ist neu und anders als die vorangehenden, spielerisch die Anmutung. Man darf raten, man darf selbst herausfinden, welche Songs hier im akustischen Vakuum laufen. Man darf auch mitsingen, aber diesmal nicht mit der Stimme, sondern nur, indem man innerlich der Melodie folgt, die man errät oder erahnt, und sich von den Tänzerinnen inspirieren lässt.

Die Reise geht weiter im *KLAK*, wo *Klang & Jenseits* Konstantim und Zenz empfangen. Der Raum erzählt von Musik als religiöse Erfahrung, aber die beiden schleusen sich durch, sie mögen sich nicht aufs Thema einlassen, passt irgendwie nicht, das Geschehen im Saal davor füllt noch immer ihre Herzen.

Zenz bleibt dran, er will mehr wissen von Konstantim, er kennt sich so nicht, so schamlos neugierig. Er hört zu, hört, wie eine Mutter erkrankt, ihr Augenlicht und schliesslich ihr Leben verliert und wie ein kleiner Bub sich selbst das Klavierspiel beibringt, wie ein Bub Hürden überwindet, ähnlich diesen Tänzerinnen auf den Leinwänden zuvor, nur umgekehrt. Der Bub übersetzt seine Bilder in Töne, er will die erblindete Mutter erreichen. Er wandelt in die Sprache der Musik, was er wahrnimmt und fühlt, am Bett der todkranken Mutter und später, nach ihrem Tod, einsam im Kloster, wo ihn der Vater sitzen lässt.

Da sind sie jetzt, in *Klang & Identität*: die Wachsfigurenkammer. Ein käsiger Pianist sitzt an der Attrappe eines Konzertflügels, daneben steht ein Engel, unschön gealtert, füllig, im silbrigen Seidenkleid mit Schleppe, am Rücken trägt er Flügel aus Pappkarton und Federn, und auf dem, was als erste Dauerwelle durchgeht, ein tüllumhülltes Krönchen. Konstantim schüttelt den Kopf: Nicht zu fassen, oder vielleicht doch, in der Kunstdebatte taucht sie immer ganz verlässlich auf, sie musste kommen. – Du kennst diesen..., dieses Schreckgespenst? – Drück mal auf den Knopf!

Zenz drückt, hört etwas, was er nicht einordnen kann. Es ist nicht Gesang, nicht Geschrei, eher Katzengeheul. Du lieber Himmel, hier versucht ein Wesen, vermutlich kein menschliches, krampfhaft die eigenen Stimmbänder zum Schwingen zu bringen, aber es trifft die Frequenzen nicht, die sich ins Spiel des Pianisten harmonisch einfügen würden. Auch der Rhythmus weicht ab, wenn er denn überhaupt einer ist. Nichts will gelingen, es zögert der Pianist, es verzweifeln die Stimmbänder, es forciert der Engel.

Konstantim seufzt: Das ist die Foster Jenkins, die Florence. Keine andere hat auf Bühnen so falsch gesungen wie sie, keine war so hartnäckig, keine hat so an sich geglaubt. Sie hat die schwierigste aller Arien gesungen, zum Schluss hat sie die *Carnegie Hall* gekapert, die grosse Bühne. Und sie hat, stell dir vor, noch immer ihre Bewunderer, überall auf der Welt, auch sie gehören zur hartnäckigen Sorte. *Et voilà*, schau her, sie hat es bis hier in den Lunapark geschafft, auch eine Kunst, oder? – Was nützt es ihr? Ich lese gerade, sie ist abgestürzt, verbrannte Flügel, wenn man so will, man hat sie zum Schluss ausgepfiffen, sie denkt, man hat sie verkannt, man hat ihre Kunst verkannt. – Vielleicht war sie eine Künstlerin, eine Künstlerin der Verschrobenheit. Bittere Geschichte, was immer man davon hält, bitter, bitter! Lass uns weitergehen, zu künstlich hier, zu viel Wachs statt Fleisch und Blut.

Verdammt, Zenz, wir haben die Zeit vergessen, wir müssen raus, die Tilda sucht mich bestimmt schon lange. Lass uns den Rest ein andermal besuchen, es gibt sicher erneut Gelegenheit. – Okay, ja klar.

Inspiration und Kunst hätten noch auf sie gewartet. Konstantim und Zenz eilen durch die Szenerien hindurch. Bei Kunst meint Konstantim augenzwinkernd, da hätte die Foster Jenkins doch eigentlich hingehört, Zenz kann der Bemerkung nicht folgen, sie verwirrt ihn.

Die frische Luft tut gut, sie rennen umher, aber weit und breit keine Tilda, keine Maxima, wo mögen sie nur sein? Lass uns in die Bar gehen, sie werden uns dort suchen, Bierchen wär jetzt eh sehr gut.

Auf deine Musik und deine Kunst, gerne sässe ich mal in deinem Konzert! Zenz prostet Konstantim zu. Deine Geschichte hat mich sehr beeindruckt. Also..., sehr viel konntest du mir in der kurzen Zeit natürlich nicht erzählen, aber immerhin, das eine oder andere habe ich mir daraus zusammengereimt, meint Zenz laut, dann weiss er nicht recht, wie er weiterfahren soll. Allerhand ist ihm durch den Kopf gegangen, er würde den Konstantim eigentlich noch viel mehr fragen wollen, aber er traut sich nicht. Da verliert einer als Bub die Mutter an den Tod, da überlässt der Vater den Bub den Mönchen und sich selbst und der Verlassene flüchtet sich in die Musik und macht sie notgedrungen zu seiner Sprache, um so seine traurige Geschichte zu erzählen. Was kommt danach? Wird er nicht einsacken in die Ernüchterung, wie die Foster Jenkins? Kann Musik Dinge wiedergutmachen oder ersetzen? Kann sie die Wunden der Vernachlässigung heilen oder den Schmerz der Verlassenen lindern? Kann sie Menschen überhaupt glücklich machen oder gar das Glück ersetzen?

Ach, was sind das für Gedanken! Sie kümmern doch Konstantim nicht, ich bilde mir nur ein, er hätte Antworten darauf. Ich will ihn nicht belästigen. Besser ich frage nicht laut.

Und laut fragt Zenz, ganz abrupt: Wo bleibt nur die Maxima? Hast du Kontakt zur Tilda? Weisst du, wo sie steckt? – Ich sehe sie gerade! Sie kommt, schau, da von links. Jedoch keine Maxima, sie ist allein. Tilda grüsst, schmiegt sich an Konstantim und meint, Maxima habe noch die Toilette aufgesucht und komme bestimmt bald nach.

Sie trinken die Biere aus. Dann verabschieden sich Tilda und Konstantim von Zenz und machen sich davon, vielleicht sehen wir uns später noch. – Genau, und ich suche mal die Maxima, wo sie wieder stecken mag?

***

Weswegen sie hineingegangen ist, weiss Maxima nicht, sie weiss auch nicht, ob sies überhaupt ergründen möchte. Was spielt es für eine Rolle, wenn auch der Rest keine Rolle mehr spielt? Bereut hat sie es trotzdem, bereut, sich nichts dabei gedacht zu haben oder fast nichts: Es ist doch nur ein Kinderspiel und ich stehe über dem Spiel. Was soll es mir schon anhaben?

Sie sieht sich in Fluchten blicken, die ins Trübe münden und doch kein Ende zu haben scheinen, sie steht sich gegenüber, gleich mehrfach, vielfach, unzählige Male. Man hat sie zerschnitten, messerscharf, und neu zusammengesetzt, ihre acht, sechzehn, nein zweiunddreissig Münder bilden eine Kette, ihre Oberarme falten sich auf, als wären sie Spaltzungen, die sich mit anderen Spaltzungen paaren, ein Scherenschnitt! Und manchmal fällt der Kranz ihrer zahlreichen Augen zusammen in ein einziges grosses Zyklopenauge. Genau so hat es immer ausgeschaut, als ich ein kleines Mädchen war und am Kaleidoskop drehte. Wie bin ich da nur hineingekommen, fuck, wie kommt man in ein Kaleidoskop hinein? Einen Moment lang will es ihr gefallen, einen Moment lang, mehr nicht.

Drin bin ich! Schwer zu verstehen, warum. Aber wie finde ich wieder raus? Maxima stösst nur noch an, sie rennt gegen sich selbst, gegen alle anderen Maximas, die sie blöd anschauen, so etwas von oberaffenblöd, so *fucking stupid*. Eine wird ihr aus dem Weg gehen müssen, es kann nicht anders sein, eine wird ihr Platz machen, eine wird ihr nachgeben, schliesslich ist sie die bessere Maxima, die beste aller Maximas, schliesslich hat sie das letzte Wort!

Wäre jemand da, nur eine einzige Seele, so sähe sie die Maxima jetzt, sähe sie torkeln, sähe sie fallen von einer Wand zur anderen, kratzen an den Spiegeln, auf sie einschlagen, sie sähe sie zusammensacken und sich hochziehen am glatten Glas, zusammensacken, hochziehen und nochmals von vorn.

Stiller wird es, bis es ganz still wird, im Spiegellabyrinth. Weit und breit kein teuflischeres Vexierspiel! Schummrig die Szenerie, da und dort quillt Neonlicht hervor, in giftigen Farben.

Hilfe! Helfen Sie mir! Auch Salvatore weiss nicht, wie ihm geschieht, es peilt ihn einer an, geradewegs, es zerrt ihn einer umher, weg vom Boulevard zwischen den Buden und weg von seiner Begleiterin, der Aba. Kommen Sie, helfen Sie mir, da ist eine Frau, sie hängt in einem Spiegelfalt in meinem Labyrinth, halb stehend, halb liegend. Sie tut keinen Wank, sie spricht nicht mehr, die Geister haben sie verlassen, sie ist reglos, sie ist erstarrt!

Codewort, uraltes Codewort für Salvatore: erstarrte Frau! Lots Frau, die Frau ohne Namen. Mama hat ihm so oft erzählt, lange ists her, aus der Bibel, von der Frau, die ihren Weg nicht findet, weder nach vorne noch zurück und erstarren muss, die keine Vergebung findet für ihr Zögern, ihren angeblichen Frevel, den sie nicht versteht. Wie hat ihn Lots Frau damals beschäftigt, wie hat er nicht verstehen können, warum es keine Lösung gibt, keine Erlösung aus der Starre. Wartet mal! Starrkopf..., das bin ich auch, oder? Sturkopf meinetwegen! Hat noch immer geholfen, noch jeder *Loop* hat sich stoppen lassen, denkt es im Informatiker Salvatore, kein Programm hängt ewig. Jeden *Freeze* kann man beenden. Ich werde helfen können, sich nur nicht beirren lassen.

Hier entlang, so weist der Angestellte vom Labyrinth den Salvatore an und geht voraus, sie steigen in die Spiegelwelt und durch den Zickzack der Gänge, vier, fünf Minuten lang. Der Angestellte nervt: Ich habe die Frau geschüttelt, sie gibt keinen Laut von sich, passiert immer wieder, vor allem bei denen mit Platzangst, dabei sollten die doch gar nicht reinkommen, und die Zugedröhnten sowieso nicht, kotzen mir nur das Zeugs voll, aber diese hier ist wohl ganz hinüber, ein Wrack... Salvatore inspiziert, was er in einer Ecke vorfindet, wo zwei Spiegelflächen zusammenlaufen, er widmet sich der Sache vollauf, diesem armen Ding, das Teppichrolle oder Kleidersack sein könnte, oben wuschelig, unten eingeknickt. Schau doch, guter Mann, zuhinterst im Winkel, da, wo das Gesicht sich zu verstecken sucht, läuft der Spiegel an, da atmet es, ein und aus, ein und aus und so fort... ein Puls, sie lebt, Fleisch und Blut! Salvatore greift mit den Armen behutsam um das atmende Wesen, zieht es an sich, schwierig, es lässt sich kaum aufrichten, so steif ist es, so verkrampft und verhärtet. Der Angestellte tätschelt Maxima ins Gesicht, zupft an ihren Kleidern, stösst sie an, hallo, wer bist du, hallo, gehts dir gut? ...Nichts! – Ich bring sie raus, sie muss an die frische Luft. Dann erklärt Salvatore, als gäbe es keine andere Erklärung: Sie wollte zurück, verstehst du, zurück und es ging nicht mehr, da ist sie erstarrt, Lots Frau, Lots Frau. – Hä? Was sagst du da? – Lass mich machen, ich bring sie raus. – Ich geh dir vor, ich zeig dir wo. – Nicht nötig, ich war mal hier vor Jahren, ich weiss noch, wie man hinausfindet, absolut simpel. Ich finde den Ausgang auf Anhieb. Ich schaff das, geh du zu deinen Kunden.

Als wär sie an einen Baum gebunden, mit angelegten Armen, so klebt Maxima an Salvatores Brust. Der Retter schwitzt: Wo nur ist der Samariterposten? Irgendwo muss er doch sein. Ich kann mich nicht erinnern, nein, wirklich nicht. Zurück zur Mondrakete am Eingang? Zu weit. Moment, dort am kleinen See: eine Bank! Ich leg sie mal auf die Bank, anschliessend sehen wir weiter. Salvatore ist ausser Atem, er schleppt Maxima zur Bank, er macht Anstalten, sich über die Bank zu beugen, da dringt es an sein Ohr, schwach und zart: Geh nicht, bitte geh nicht, ...lass mich nicht los. Kannst du bei mir bleiben? Bitte, nur kurz, ...fünf Minuten, bleib fünf Minuten, mehr verlange ich nicht. – Man muss dich versorgen, du brauchst Hilfe. – Bleib einfach hier, ist gut so, gleich gehts wieder.

Salvatore weiss nicht, wie ihm geschieht. Die beiden haben sich auf die Bank fallen lassen, sie sitzen umschlungen, als wären sie ein Liebespaar.

So tief lässt es sich gar nicht einatmen, denkt Salvatore, so tief hat er schon ewig keine Luft mehr geholt. Wie gut das tut! Nochmals holt er Luft, gleich noch einmal und bläst aus, was ein Segel blähen könnte, was einen Baum ins Rauschen brächte, einen riesigen Baum mit unendlich viel Laub, schönem, grünem Laub. Frei fühlt er sich, unbeschwert, als hätte er sich eines bösen Traumes entledigen können, eines schweren Panzers und des Visiers vor den Augen. Frei wie einer, den nichts mehr plagt, Probleme hin oder her. Was soll mir schon passieren? Das Fragezeichen stört ihn nicht, es darf ruhig weiter fristen. Kümmert ihn nicht, er bleibt jetzt hier auf der Bank, bei der Frau ohne Namen, er bleibt jetzt einfach hier. Das denkt auch die Frau neben ihm, und: Schon die sechste Minute und er ist noch da.

***

Wie jedes Jahr treibt es Taub zu der einen grossen Attraktion im Lunapark. Sie steht im Zentrum – stolzes Zelt, einem Zirkus gleich – und hat ihren gleichsam stolzen Preis: fünfunddreissig Franken. Ab zwölf Jahren, nichts für Kleinkinder, hingegen für kindliche Gemüter schon, Spiel nämlich will das Ganze sein, wenn auch eines der ausgeklügelten Art. In rabenschwarzem Glanz fällt das schwere Tuch von den Masten, zwischen denen hoch im Himmel dicke Buchstaben in Schneeweiss leuchten: DAS CASINO, darunter, noch etwas grösser, aber in Kleinschrift: ...der Gespenster. Im O von Casino grinst ein Clowngesicht, kein gemütliches Grinsen, mehr ein perfides.

Im Zelt drin ein emsiges, beinahe buntes Treiben. Viele Besucherinnen und Besucher, zwischen ihnen, überall, als wäre man im Theater, lauter Clowns in elaborierten Kostümen, einige gehen auf Stelzen umher, andere sitzen hinter den Spieltischen, *the masters of the game*. Man hört bestens, wie die Kugeln durch die Drehteller rollen und die Jetons klimpern, man vernimmt das Blättern und Schnalzen der Spielkarten und von nah, mit einer Prise Einbildung, wie die Würfel über den Filz wirbeln. Denn ansonsten geht nur Murmeln durch den Raum, ein gedrücktes und verstohlenes, es lässt sich darauf nicht verzichten, auch wenn es sich oft in ein Flüstern zurücknimmt. Ernst tauschen die Gäste ihre Informationen aus, hochkonzentriert scheinen sie sich auf das Nötigste zu beschränken, sie wollen keine Fehler machen. Ab und an, da und dort kommt es zur Einigung, Karten wechseln die Hand oder werden gepaart, man wendet sich den Maskierten zu, allein, zu zweit und, wenns hochkommt, in der Gruppe.

An den Kostümen, eingenäht, aufgedruckt oder aufgeklebt, gleich an mehreren Stellen, hinten und vorne, prangen Namen, einen für jede Figur, ihrem Charakter entsprechend aufgemacht. Alles hat eine Bedeutung im Raum, alles im Zelt fügt sich zum grossen Spiel: das Geschehen an den Tischen, die Karten und Würfel, die Jetons und die Händel der Leute mit den maskierten Namensträgern.

Clownin *Mafiosa* beäugt gerade drei Karten, die ihr von zwei Teenagern zum Tausch angeboten werden und die sie schnöde abweist. Die Zigarettenverlängerung in ihrer rechten Hand steht jetzt noch weiter vom Körper ab, wie so vieles an ihr: der linke Ellenbogen, die Nase, das Kinn – alles spitz wie Eiszapfen! Vom Kopf plustern sich die Federboas auf, von den Schultern die Pelze, dieser Pfau muss aus einem Walt-Disney-Trickfilm gefallen sein, Abteilung rachsüchtige Herrscherinnen.

Girls, girls, eine Karte fehlt noch oder auch mehrere, hat euch keiner das Lesen beigebracht? Ihr findet die Anweisungen auf den Karten, hat man euch lang und breit erklärt. Helft euch gefälligst selbst, so giftet *Mafiosa* die Bittstellerinnen an und macht sich davon. Weiter hinten humpelt *Quasimodo* vorbei, man traut sich kaum an ihn heran – seine Erscheinung mit Hässlichkeit zu umschreiben, träfe es nicht, zu harmlos!

Der Bucklige gibt den Blick auf *Nina Hagen* frei beziehungsweise ein Double von ihr, allerdings ein hochprozentigeres als das Original. Beleidigt sammelt es die Jetons ein, es sind leider weniger als üblich, denn die Gäste haben den Tisch fast leergeräumt, zum Schaden des Casinos. Das Double herrscht alle an, mit verschmierter Fratze, es meckert laut, es lässt seiner Wut freien Lauf: Muss es auch, *Furora* steht auf seinem Kostüm.

Wo immer der Blick hingeht, gespenstische Gestalten. Vom Kopf des düsteren *Melancholikus* hängt der Balg einer zerschlissenen Ziehharmonika, die *Maldita* geht am Rollator und die *Assassina* kommt blutverschmiert daher. *Thanatos* prahlt mit seiner Muskelbrust, die Anabolika gebläht haben, und schreitet mit schwarzen Flügeln durchs Gewühl. Zuweilen, wenn er Platz findet, spannt er sie an seinen Armen auf, führt die Hände zusammen und stösst mit ihnen sein Todesschwert in die Höhe, zur Zeltspitze. Die Show kann nicht verbergen, woraus die Waffe besteht: Plastik.

Taub ist nah dran, nah wie noch nie. Seltenes Glück hat sich an seine Seite gestellt. Eine stattliche Anzahl Jetons hat er an den Tischen eingespielt, die Taschen seines Vestons haben sich gefüllt, er hat überlistet, wer ihm über den Weg lief, andere Gäste und natürlich, so glaubt er, die Monster selbst.

Jetzt hat er zwei der raren Lebenskarten zusammen, die es braucht, um den grossen Sieg im Spiel zu erlangen. Bestimmt, die Würfel fielen zu seinen Gunsten, aber er hat auch geschickt verhandelt und hohe Einsätze gewagt. Beim *Sabotator*, dem Despoten unter den Komödianten, hat er die Zukunftskarte geholt. Und die Herzkarte im Tausch von einem anderen Gast. Nur die Heilskarte fehlt ihm noch, welche die Lebenskarten erst gültig macht. Das ergäbe schliesslich den Triumph, alle paar Jahre nur gelingt der Coup, die Belohnung nicht zimperlich: ein Nachtessen für zwei im Restaurant, dem Luna-Grill, und viel schöner noch, es wartet ein Amulett, ein wahres Schmuckstück, ein Halbmond aus weissem Gold, hochkarätig.

Taub muss noch an die fehlende Karte herankommen. Er turnt herum, er schaut den Leuten ungefragt über die Schultern, bis er die heiss ersehnte Karte erblickt, in den Händen eines jungen Mannes. Moment, den kenn ich doch, stimmt, das war dieser Whistleblower bei uns im Büro, hatte sich der nicht plötzlich in Luft aufgelöst?

Verflucht, was machst du hier, Zenz? Dann garnt er seinen Ex-Berufskollegen ein, erklärt seinem Opfer, wie fotofinish-mässig nah er am grossen Gewinn sei und wie er ihm alles und mehr zum Tausch bieten könne, gegen die Heilskarte. Zenz weicht stets mehr zurück, Zenz kann sich bestens an diesen Widerling erinnern und denkt nicht daran, die Heilskarte auszuhändigen. Spieltechnisch käme ihm dies zwar gelegen, in der Tat, aber, nein, nicht diesem Unmenschen! Da lässt er lieber die Clowns gewinnen, als dem Taub zum Triumph zu verhelfen. Sag mal, nimmst du dir eigentlich immer alles im Leben, restlos alles, gegen den Willen der anderen? Wie damals die Irene? Weisst du noch? Die Flucht hat sie ergreifen müssen! Und die Claudia, verdammt, die Claudia ist heute ein Wrack, Typen wie dich dürfte es nicht geben, das weisst du schon, oder?

Casino der Gespenster, wie wahr an diesem Abend! Zenz legt allen Schiss ab. Wenn die Maxima ihn nur sähe, denkt er und deckt den Taub mit Schimpf und Schande ein. So hat er noch keinem die Leviten gelesen! Taub lässt sich nichts gefallen, jede Silbe von dem, was er sich anhören muss, eine Majestätsbeleidigung! Die Sache wird laut, alle anderen still im Zelt, dann geht Zenz dem Taub an die Gurgel, Taub haut zurück, ausgewachsene Schlägerei. Security, Security!

Ins Spiel kommt *Thanatos*, sein Todesschwert! Tja, kann Plastik hier die Mission vollbringen? Nützen Supermuskeln, wenn sie nur Jurys beeindrucken müssen, oder die Leute vom Lunapark? Weit gefehlt, auch ein Plastikschwert hat seinen Wert!

Aba hat dem Treiben zugeschaut, entgeistert, sie hat auch am Tisch gesessen, neben Zenz, hat sich den Männerzank angehört und fühlt sich auf einmal unbändig befreit. Leerer Tag, leerer Geist, null Reserven, kein einziger Jeton mehr. Was tun mit den leeren Händen? Warum nicht zugreifen, warum nicht mitmischen im Tumult? Sie sieht den Tod herbeikommen und wie selbiger nur gafft, schlapp die Flügel: Der hat uns noch gefehlt! Also entreisst sie ihm das Schwert und schwingt es durch die Luft: Huaaa! Huaaa! Puff! Und nochmals Puff! Ein dumpfer Knaller über Zenz' Schädel, ein zweiter über denjenigen von Taub. Ich bring euch was bei, euch zwei! Ich bring euch was bei! Ich bin auch da, kapiert? Wie kann man mich übersehen, ich lass mir von euch nicht den Abend ruinieren, nicht im Lunapark! Das Schwert fliegt zu Fetzen, die Männer unter den Tisch. Perplexe Stille, bis einer zu lachen beginnt, eine andere grölt los. Explosion. Gelächter rundherum.

Unter dem Tisch steckt Zenz dem Taub die Heilskarte zu: Nimm sie, ich will sie nicht, das Leben ist kein Spiel. Wie kannst du nur kein Gewissen haben? Wie kannst du nur keine Zweifel an dir haben? Dann putzt sich Zenz davon.

Taub zieht sich hoch, nickt Aba anerkennend zu. Die Aktion hat ihn beeindruckt: Ob er sich mit einem Drink entschuldigen dürfe. Aba pustet müde aus sich heraus, in Richtung Taub: Nicht dein Ernst, oder?

In der Toilette macht sich Aba frisch, spritzt Wasser in ihr Gesicht – wie gut das tut! –, und tupft die Spritzer mit den Servietten aus dem Spender ab, gemächlich, im Zeitlupentempo, zuerst vom Hals und der Stirn, dann der Nase und dem Kinn und schliesslich von den Wangen. Bei jedem Abtupfen hört sie den Spiegel fragen, er stellt in Wahrheit die immer gleiche Frage: Magst du, was du siehst, Aba? Kleine Variation zuweilen: Erkennst du dich, Agnetta-Babetta? Agnetta?

Agnetta weiss nicht so recht, was sie antworten soll, aber sie weiss eines mit Sicherheit, nämlich, dass ihr die Frage gefallen will und sie keine Angst mehr vor ihr hat, dass sie den Blick in den Spiegel aushält und dass ihr die Entdeckungslust, die ihn ihr hochstösst, Freude macht. Ein Heidenspass war das eben! Ich habe Kraft in mir, Entschlusskraft, Wille, Standfestigkeit.

Dann blickt Agnetta auf die Uhr. Oh! Gleich noch das Feuerwerk am kleinen See! Surreal, dass die das dürfen, Feuerwerk so tief in der Nacht, sowas gibt es doch nicht! Und sie springt hinaus und davon, die paar Schritte zum kleinen See.

***

Alle haben sich eingefunden, alle hat er gerufen, der Mond. Sie sind seinem Ruf gefolgt, setzen sich hin und strecken sich aus. Sie suchen die Entspannung am kleinen See, in dem sich spiegelt, was oben ist, in dem sich spiegelt, was ein halber Mond halt so zeigt, nämlich die Hälfte von sich, also die Hälfte der Hälfte, nähme man es genau, aber das mag keine und keiner mehr tun, wer will es zu so später Stunde noch genau nehmen? Jetzt, in allertiefster Nacht, wo die Gedanken die Kontouren verlieren, jetzt, wo die inneren Regungen sich gar nicht mehr in Gedanken verwandeln mögen, dumpf bleiben und wie von Brei.

Eine ganze Weile schon klopft er an, der Schlaf. Wo sich die Türen öffnen, spaltbreit, drückt er den Fuss in die Öffnung, kraftvoll und flink, ohne Widerstand. Siehe da, er bemächtigt sich der Gemüter am kleinen See, eins ums andere, er massiert sich in sie ein, streichelnd, knetend, er tut es nicht, um sie zu knechten, vielmehr umgekehrt, er befreit sie von den Fesseln, von mancher Last, von dem, was hemmt und behindert.

So vieles will sich jetzt Luft verschaffen, will noch raus in andere Sphären. Agnetta hat sich zu Zenz gesetzt, sich entschuldigt, Trost gespendet: Die Rücksichtslosen behielten nicht immer Oberhand, so sei es nicht. Und sie schickt einen Wunsch zum Himmel, mehr Schwertschläge will sie in ihrem Leben haben, ihren Weg will sie sich freischlagen, endlich. Ich nehm deine Attacke als Ritterschlag, meint Zenz, er prostet dem halben Mond zu, Zeuge bist du, es wird öfter aus mir fahren, in Zukunft.

Und er hebt seine Flasche auch in Richtung Maxima, die wenige Meter neben ihm liegt, auf einer Bank und die schon einen anderen gefunden hat, eine andere Umlaufbahn. So plötzlich können Wünsche in Erfüllung gehen! Maxima kuschelt sich an Salvatore, gräbt sich ein, fühlt sich wie das Kätzchen im Schoss ihres Besitzers, fühlt, wie es in ihr zu strömen beginnt, nie gekannt, Hoffnung vielleicht? Sie lässt es aus sich herausströmen in das, was sie umgibt.

Salvatore haucht immer noch aus, holt Luft in rauen Mengen in seine Lungen, lässt das Kätzchen gewähren, er hat sich noch nie so gefühlt, so eins mit dem, was ihn umgibt. Teilhaben will er, er gibt die Friedfertigkeit zurück, die er erfährt, aus seiner Lunge ins Universum, bis in den hinterletzten Winkel.

Ein paar Winkel weiter, als hätte man ihn in einen solchen getrieben, der Taub, wohl der Einzige, der steht, wer braucht schon Schlaf? Ärger dampft aus allen seinen Ritzen, er braucht keine Rakete mehr, gleich fährt er von allein zum Mond, gleich fährt ihm die Feuersbrunst aus dem ... Wollen sie sich nicht setzen, wozu hat Ihnen der Allmächtige einen Hintern gegeben? Sie stehen uns vor dem Spektakel. Tilda bittet inständig, zieht nicht beim Taub, also rutschen die Hochverliebten zur Seite.

Jetzt wendet sich Tilda ihrem Konstantim zu, sie wird der Eruptionen nicht Herrin, sie deckt ihn mit Küssen ein. Ich hätt Lust auf ein Kind, hört sich dieser erstaunt sagen, ist mir rausgerutscht, ich weiss, ich hätt einfach Lust auf ein Kind. – Was so spät noch?

Und als ob sich, was aus den Protagonisten quillt und ihrer Hülle entfährt, greifen liesse, als ob alles, was die Geister am kleinen See bewegt, Lebenswille und Behauptung, Sichselbst- und Einswerden, Eroberung und Vollendung, als ob all ihre Sehnsüchte plötzlich Gestalt annähmen, wie herumschwirrende, aufsteigende ... es gibt kein Wort dafür ... Pfeile, Projektile, ... Flugkörper, so verwandeln sich vor aller Augen die freigesetzten Energien in pures Licht: hier ein Stern, da ein goldener Regen, dort ein phosphoreszierender Schweif, in glühendem Blau. Zugabe, Zugabe! Alles zischt in den Himmel, alles, was aufstossen will, alles erklimmt den Zenith und gibt sich hin und opfert sich einem unübertrefflichen Glanz.

Und zerbirst und zerfällt. Ein Hauch von Applaus noch, entlang des Ufers am kleinen See.

Eine hört man noch sagen, einer sagt es immer: Wars das schon? Seid ihr sicher? Das kann doch nicht das Ende gewesen sein. Immer diese halben Sachen!